テミスの不確かな法廷

直島翔

Themis' Uncertain Court

Sho Naoshima

角川書店

テミスの不確かな法廷

装幀　原田郁麻
装画　南波タケ

目次

テミス

法をつかさどるギリシャ神話の女神。司法の理念を象徴するとされ、最高裁の大ホールに鎮座するブロンズ像は右手に剣、左手に天秤を持つ。剣は正義を実現する強い意志、天秤は公平さを表している。

カレンダーボーイ

1

秋風が黄色く香っていた。ＪＲ駅前から官庁街に続くパークロードと名付けられた道で、イチョウ並木が朝の陽を浴びている。黄金色を際立たせるように、空に淡い青のドームが広がっていた。

安堂清春《あんどうきよはる》は任官七年目の裁判官である。東京から本州のもっとも西に位置するＹ地裁に赴任して半年になる。盆地の風は日本海《にほんかい》から山を越えて吹き込むらしい。駅前に借りた２ＤＫの部屋を出るとき、東京勤務の頃と同じく、空の晴れ具合のみを参考にしてコートを着てこなかったことをやや後悔した。

「冷たい、冷たい、冷たい、冷たい、冷たい……」と小声でしつこくつぶやきながら、歩みを進めた。

他人に聞かれたら、不気味がられることは彼自身が重々承知している。けれども反復していると、なぜか気分が落ち着くのである。そわそわ、むずむずが去っていく。

その言葉を見つけるまでは、カバンを持っていないほうの手首が小刻みに動いていた。足を何かに使っていると手が、手の使用中は足が動く。頭の骨のなかを満杯にする器官、すなわち脳が安堂の意思を問うことなどなく、手足へ気ままに指令を出すのである。

成人の脳は大きくて一・五キロほどといわれる。体重の二％にすぎない。だが安堂はその器官は自分の一部でなくて、自分こそ脳の一部ではないかと思うことがよくある。

並木の下にベンチを見つけた。スマートフォンを取りだし、ビデオ通話のアイコンをタップした。すぐに発達障害の専門医である山路《やまじ》薫子《かおるこ》のふっくらした顔が画面に出てきた。いつものように、還暦を迎えてから使い始めたピンク縁の遠近両用眼鏡をかけている。

「やあ、清春くん。ひと月ぶりだね」

先生とは十歳で出会った。発達障害と診断してもらってからの付き合いになる。その日から、人の気持ちを読み取るのが苦手な自閉スペクトラム症＝ＡＳＤ、衝動性がじっとしていることを許さない注意欠如多動症＝ＡＤＨＤを自覚しながら生きている。

半日をかけた検査のあと、山路は言った。

「清春くん、神経ってわかる？」

そう言われて、手の皮膚をつねって見せた。「痛っ！」

「そう、それ、脳を中心に体に張り巡らされたネットワークのこと。その働き方が清春くんの場合は定型発達者の人とちがうのよ」

　山路医師は日本の学会で初期のうちから、「定型発達者」という言葉を使い始めた研究者だ。「普通の人」と言ってしまうと、診断を付けた人々を対義語である「異常な人」と呼ぶに等しいことになる。

　小学四年生の小さな胸にはショックだった。「ぼくは病気なの？」

「病気じゃない」先生はきっぱり否定した。「生まれつき脳の働きにかたよりがあって、言葉の受け取り方みたいなものが変わってくる。だからといって、清春くんは決して不健康ではないのよ」

　当時は半分も理解していなかったが、診察室の記憶が動画のように頭に残っている。

「自覚のある人と、そうではない人がいる。中間くらいの人もいる。清春くんは自覚タイプだと思うの。そわそわ、むずむずが来たりしたとき、自分でもちょっとわかるでしょ？」

「はい」安堂は答えた。

「そんなとき、どんな感じなの？」

「ああ、って感じです」

「それでよい。ああ、ってことがなるべくないように、私たちと一緒に練習しましょうね」

　それからというもの、山路のほか、臨床心理士、作業療法士といった人たちに会うため大学病院に通った。

山路は研究者だが、論文だけではなく、数年前に成人の発達障害に関する本を書いて、そこそこ売れた。安堂は〈国家公務員Ａさん〉と題された項にケーススタディとして登場している。

こんな記述がある。

〈大人になるほどに症状への自覚や理解を広げてきたＡさんは、国の役所に勤務しながら悪戦苦闘する日々を過ごしています。どう周囲と自分が異なるかを意識しながら、社会に溶け込もうと努力する途上です〉

文部科学省の小中学生を対象にした近年の調査で、全体の八・八％に発達障害の可能性があることがわかったという。三十五人学級であれば、一クラスに三人程度いることになる。ＡＳＤ、ＡＤＨＤのほか、読み書きや計算が困難な「学習障害（ＬＤ）」と診断される子も少なくない。

教育現場では学校生活に適応できない児童・生徒のため、一人ひとりの特性に合わせた支援体制を築く試みが始まっている。かといって、障害のある子供が急に増えたからではない。困難を抱えた子供は昔から、教室の隅にぽつりぽつりと存在していた。文科省の調査値が言外に語るのは、診断やケアを受けないまま「ふしぎくん」や「ふしぎちゃん」として大人になった者が星の数ほどいるということだ。

自閉スペクトラム症のスペクトラムとは、連続体という意味だ。診断された人たちは多種多様な特性、いろいろな濃度を持っている。診断を受けたことがない人たちのグレーゾーンと呼ばれる縁側も広い。

やあ、清春くん。ひと月ぶりだね――

安堂は山路のあいさつの一言一句を反芻《はんすう》し、それが引っかけ問題であることに気づいた。「ひと月ぶり」と聞いたとき、まず前回のオンライン診療の日付が頭に浮かんだ。反射的に、「ひと月ではなくて、ひと月と三日ぶりです」と訂正しそうになった。

脳が勝手に反応して「久しぶりですね」といった無難なあいさつの返答を忘れ、場にそぐわない思考に向かってしまうのだ。安堂はひと呼吸置いて、「先生、お久しぶりです。相変わらず、お忙しそうですね」と落ち着いた口調で返した。

百点満点の答えなのだろう。彼女の目《め》尻《じり》が下がった。「うん、その調子だね。コミュニケーションの基本がますますわかってきてるね」

知力で脳を制御せよというのが、山路が出会いの日から、長く安堂に言い聞かせてきたことであった。「清春くんならきっと、出来るはずだから」と励まされた十歳の少年はいま、三十五歳になっている。

不注意や多動への抵抗は小学生には難しかった。何より教室での授業がつらい。理由や動機があるわけでもなく教室の机の間を走り回ったり、寝転がったり……。気がつけば、教師の怖い顔が目の前にあった。

記憶力や計算力、そして数の並びへの強いこだわり――その特性を山路は学校生活に利用すべきと考えた。

授業中におとなしくするため、彼女がまず提案したのは「カレンダーボーイ」に徹することだった。むずむず、そわそわが気配を示したとき、頭のなかに月めくりのカレンダーを投射し、衝動をやり過ごすという方法である。

「来年のきょうと同じ日付は、さて何曜日？　自分で自分にクイズを出しなさい。それが清春くんの特技だから」

曜日が判明すると、次は二年後、三年後と未来に飛んだ。気を取られるものを一つに限って思考に負荷をかけると、脳が勝手に手や足に指示を送ることはなくなるのである。

山路の診察は、暮らしにかかわる質問が多い。この日は食生活のことを聞かれた。

「そういえば、フグは食べた？」

「いや、まだです」

「あら、そっちの名産品でしょ？　転勤をいい機会にしなきゃ。みんながおいしいと感じるものを、みんなと同じようにおいしく思えるようになるチャンスよ」

視、聴、嗅《きゅう》、味、触――五感のうち、味覚のことを聞かれている。

「ぼくの舌の話ですね」

「そう。住む場所が変われば、食べ物も変わる。外食するといいわ」

安堂は苦笑いした。「少しずつ始めてますけど、まだちょっと怖いです。レストランに迷惑をかけたくなくて」

舌が神経を通して脳につなげる情報によっては、なぜか味もわからないうちに「おえっ」と吐くことが少なくない。とりわけ、味の薄いものに顕著な反応が表れる。

白飯がそのままでは食べられない。アパートではケチャップ味のライスか、パンを毎日の食事にしている。よく調理するのが、チキンライスだ。具を混ぜて炒《いた》めたりするのが面倒くさくなると、白飯にそのままケチャップをかけて食べることもある。

したがって会食などは大の苦手にしている。人付き合いが悪いと思われ、恋人どころか友達もできない。司法試験に受かったのち、裁判官という職業を選んだのは、検事や弁護士より書類に向き合って一人で過ごす時間が長いからだった。

ベンチに座って山路と話している間、ずっと貧乏揺すりをしていた。前を通っていく歩行者の目には、いらいらして誰かと不機嫌に通話する人間にしか見えないことだろう。ほんとうは隠すことが何もない人を相手に、つかの間の安心する時間を過ごしているのだが――。

安上がりな官舎住まいをわざわざ避けたのは、自分のふだんの姿を同僚らになるべく見せたくなかったからだ。

いや、なるべくではない。

2

Ｙ市は県庁所在地でありながら、人口が二十万に届かない。工業や水産業の盛んな市が別にあり、昔からそちらに居住人口が流れているためだ。

よってＹ地裁の規模も小さい。県庁所在地にある地裁としては珍しく民事部と刑事部に分かれておらず、判事らは民・刑の別なく審理にあたることになる。同じ県内にある他の地裁支部のほうが訴訟案件が多いくらいだ。

地裁の裁判官は職位の高い順に、判事、特例判事補、判事補の三つに分けられる。安堂は約一年前、東京地裁にいた頃に特例判事補に任命された。

司法制度は明治憲法下から今現在に続いている。判事となるには十年の実務経験が必要だが、戦後になってから判事が足りなくなるという問題が生じた。そこで実務経験五年以上の判事補に、「特例」として判事とほぼ同等の権限を与える制度ができた。

どんな職業もそうであるように、訴訟指揮や判決のできには踏んだ場数がものを言う。安堂が判事として自立するには、少なくともあと三年半の歳月が必要になる。ゆで卵で言えば、半熟をやや過ぎたところだ。

安堂はほかの裁判官も執務する大部屋で法服をはおり、階段を下りて法廷に向かった。この日に初公判を迎えた被告人は、江沢卓郎《えざわたくろう》といった。二十二歳。地元暴力団の準構成員だという。罪状は二件あり、詐欺未遂罪と傷害罪で起訴されていた。

人の死への責任を問う裁判ではないため、判事の訴訟指揮が必要な合議裁判にはならない。裁判員も招集されない。江沢の事件は裁判官が一人で担当する単独審理に割り振られ、安堂の手に回って来た。

裁判官は最後に入廷する。一段高い法壇から見渡すと、検察官、弁護人はすでに席にいた。江沢は上下紺のジャージを着て、ふてくされた顔つきで正面に座っていた。額や頬にニキビが浮き出ていて、まだ少年の面影を残していた。手錠をされ、脇を拘置所から付いてきた刑務官が固めている。

場になじめないらしく、きょろきょろして、しきりに貧乏ゆすりをしている。どういうわけか、安堂は他人のそれを見ていると落ち着く。自分の身体のどこも動いていないことを意識しながら、「当法廷を受け持つ裁判官の安堂です。では、開廷します」と審理開始を宣言した。

法廷のあるじはまず、人定質問から始めなければならない。江沢を見つめ、「被告人、前へ」と証言台へ歩み出ることを促した。

人定質問とは、平たくいえば本人確認のことだ。法廷に立たされた男が検察の言う通りの人物かどうかを、裁判所として念入りに確かめる。安堂は手元の書類にある本籍や住所を読みあげ、「被告人は江沢卓郎さんに間違いありませんか？」と聞いた。

彼はやや前かがみになり、手錠をした両手を股間《こかん》のあたりにぶらさげている。「あんた、今頃そんな質問すんの？　ちがうって言ったら、釈放してくれるんか」

ゴホンと咳払《せきばら》いの音がして、弁護人が立ち上がった。浜之《はまの》上《うえ》という五十代半ばのベテラン弁護士である。険しい顔つきで、「裁判官、ちょっと被告人と話をさせてください」と言った。江沢のもとに行き、耳元でヒソヒソささやき、被告人はむっつりした顔つきながらも首を縦に振った。

声は聞こえなかったが、唇の動きは読むことができた。〈裁判官に話すときは「です、ます」をつけるって約束しただろう。行儀が悪いと、保釈が遠のくぞ〉

安堂は聴覚にも悩みを抱えている。山路の診察では、可聴域が通常より二〇％ほど高めにずれていることがわかった。大人になっても改善できず、低い音が聞こえにくい。代わりに高い音が不快な感覚を伴って耳奥に響く。夏に嫌なことがある。キーンという蚊の羽音だ。竹藪《たけやぶ》などには怖くて近寄れない。

原因は鼓膜にあるのか、神経にあるのか、脳にあるのか、よくわからないのだという。この聴覚の不自由の影響で、言葉の聞き違いもしばしばある。山路のアドバイスで対話相手の唇をよく見る習慣をつけたところ、いつからか読唇術のようなものが身についた。

被告人に敬語の使い方から助言を始めることになった浜之上の立場は、国が費用の全額を負担する国選弁護人である。安堂は以前、地元紙の環境運動を伝える記事に彼の名とポーズ写真を見たことがある。

　得意分野は刑事事件以外のようだが、弁護士会が決めた順番で国選の仕事が回ってくれば断ることはできない。公判前の検察官を交えた協議の席では、間違えたふりをして環境系ＮＰＯ法人の理事長の名刺を差しだしてきた。誇りにしているのだろう。その世界では、名の通った法曹なのかもしれない。

　検察官は古川《ふるかわ》といった。Ｙ地検の「三席」を務めている。検事正、次席検事に次ぐ役職で、殺人でもない事件に三席が起用されたわけは明白だった。Ｙ市の現在の市長、茂原孝次郎《もばらこうじろう》を被害者とする裁判であるという以外には考えられない。

　古川のことはよく知らなかった。先輩の裁判官から「ざっくばらんな検事だ」とだけ聞かされていた。どうざっくばらんなのかは、これからわかるのだろう。

　奥の傍聴席に人の頭が増えてきた。一般の市民のほか、七、八人の記者がノートやメモ帳を手に座っている。

　事件は市長選の二か月前、茂原が副市長の当時に起こった。今は現職の市長となった彼が暴漢に殴打された事件は、それなりに高い関心を集めているようであった。

　安堂は人定質問をやり直したあと、次の手続きに入った。

「では、検察官、起訴状を朗読してください」

古川は「はい」と一声で応じ、起訴状を読み上げた。

「被告人、江沢卓郎は……」

もちろん、起訴状は安堂の手元にもある。

〈令和四年六月五日午後五時頃、被告人はY市亀山町《かめやまちょう》の県道で、タクシー運転手・藤山澄久《ふじやますみひさ》が運転する車両に対し、保険金及び賠償金をだまし取ろうとした。故意に路上に飛び出し、腕の一部をドアミラーに当て交通事故に見せかけようとした〉

いわゆる当たり屋だ。ここまでは詐欺未遂の部分だが、古川はそこでいったん言葉を切った。江沢がフンッと小ばかにしたように鼻を鳴らしたからだ。検察官は被告人に向かって一瞥《いちべつ》をくれたあと、傷害にいたった事実関係の説明に移った。

〈被告人、江沢は身体のケガを装い、大げさに転がった。客としてタクシーに乗り合わせた茂原孝次郎は車窓から、「わざとぶつかっただろう」と事故の偽装を指摘した。

車を降りて事の真偽をただそうとした茂原に対し、被告人はいきり立ち、殴りかかった。弾みで転倒させ、左手首を骨折する重傷を負わせたうえ、なおも体の上にまたがり、頭や額への殴打を繰り返した〉

茂原の手首の骨折は全治三か月と診断され、二か月後の市長選には腕吊《うでつ》りをして臨んだ。八月初めの投開票日、支持者に囲まれ、片手でバンザイする新市長の万感のこもった笑顔を深夜のテレビニュースが映していた。その姿を安堂は記憶に残している。

市長選のさなか、出勤途中に街角での遊説に遭遇したこともあった。官庁街に近い商店街は郊外の大型量販店に押され、シャッターを下ろしたままの空き店舗も目立ち始めている。茂原は「旧市街とは言わせません。ここが地元の経済の中心です」と声を張り上げ、活性化策を朗々と訴えていた。

痛々しい腕吊りは、最後まで競り合った保守系元市議に差をつけるのに一役も二役も買ったらしい。遊説ではそれを持ち上げて見せ、「暴漢にはこの通り、やられましたが、政策と実行力は誰にも負けません」。商店主らから盛んな拍手を送られていた。

起訴状の読みあげは、安堂には苦痛の時間でしかなかった。すでに何回も目を通しているだけあって、聞き入ることへの集中力が続かないのだ。

むずむず、そわそわが、ほぼ十秒ごとに訪れ、聞き入る作業を中断させようとした。それに抵抗しているうち、頭が前後に揺れそうな気配を覚えた。それとなくかたわらに置いた六法全書を引き寄せ、その下に左手を滑り込ませた。大学病院の臨床心理士から教わった対処法である。「圧迫刺激」と呼ばれるものが、衝動を止めることがあるのだ。

学生時代は講義の時間によく尻の下に手を滑り込ませたものだが、尻をかいていると誤解を受けたこともあり、法廷ではやらないようにしている。指先に六法の重みを感じていると、落ち着きが戻ってきた。ホッとして法廷に視線を移すと、弁護人の浜之上と目が合った。裁判官のおかしな挙動をめざとく見つけ、奇異な目で見ている。

ところが彼にとって、もっとも奇異な事態は、安堂が被告人をふたたび証言台に促した直後に待ち構えていた。起訴事実を認めるか否か――この二択を問う罪状認否の手続きが、思わぬ展開になった。

江沢はそっぽを向いて、「おれは認めん。ぜんぶ、間違っとる」。またも敬語を忘れ、ぶっきらぼうな態度で起訴事実を否定した。弁護人との打ち合わせ通りではなかったことは、浜之上の驚きの表情が物語っている。

そこに、検察官の軽々しい声が法廷に響いた。「あら、なんか、予定とちがっちゃったみたいじゃないの？」

浜之上は憮《ぶ》然《ぜん》としていた。だが、古川のあざけるような問いかけにカチンと来たらしく、「裁判官、いまのは不規則発言じゃないですか。まったく、失礼な」といらだちをあらわにした。

安堂は静かに応じた。「認めます。検察官は発言を慎んでください」

「へい」と古川は短く返した。そして、隣に座る若い検察事務官に「どうも被告人と弁護人は意見が合わないようだ。おれたちが接見させなかったってことはないよな？」と小声でささやいた。

不規則発言をしないように注意したばかりである。弁護人だけでなく、裁判官をも軽視する態度だ。判事未満の特例判事補だからなめているのだろうか。安堂は自分が細面のやや童顔であることを意識していた。実際の年よりも若く見られることが多く、年長の者をこうした状況に誘いやすい。

　これくらいのことで動じてはいけないと、遠い過去から幼い自分の声がした。バカにされることには慣れている。とりわけ、小学校低学年の頃は教師や同級生から白い目で見られ、じゃま者扱いされた。ちょろちょろ歩き回るので、ついたあだ名が「ちょろ春」。当時、多動症はあまり知られておらず、叱られる日々を延々と過ごした。

　平静な口調で、古川に問い返した。

「検察官、いま被告人の接見交通権について口にしましたか？」

「あら、聞こえましたか」

「弁護人への侮辱と見なしますよ」

「正規の発言ではありません。あしからず」

「何が、あしからずだ」浜之上が不満の声をあげた。「検察官の態度は無礼千万です。古川氏の姿勢は弁護士会でもたびたび問題になっています」

「おっ、初耳だぞ」

「おめでたい人だ。聞きたくないことは耳に入らないらしい」

　ケンカが始まった。いい加減にしなさいと叱ってもいい場面だが、手持ちぶさたになっていた右手がひらひらと動き出そうとするのを抑えるのに精いっぱいだった。左手に加え、右手まで六法の下に潜り込ませてはさすがにほかの誰かにも気づかれる。衝動を振り切るように、安堂は背筋を伸ばし、やや語気を強めて言った。

「弁護人、先ほどの罪状認否について、次はあなたが説明する順番ではないですか」

浜之上は「あっ」と発し、急に肩をすぼめた。「裁判官、おっしゃる通りです。被告人が否認した以上、私が用意した陳述は役に立たなくなりました。罪を認めることを前提に、情状の酌量を求める内容ですから」

安堂は念を押した。「被告人との打ち合わせでは、罪状をすべて認める予定だったのですね」

弁護人は「ええ」とうなずき、被告人を見た。安堂は「被告人、もう一度前へ」と言って江沢を証言台に立たせた。

「江沢さん、あなたが当法廷を混乱させていることはわかりますか？」

被告人は小さくうなずいたものの、視線はとがっていた。「この国じゃ、裁判官まで初めからおれを悪者にしたいのか。認めりゃいいのかよ」

「いいえ」安堂はきっぱり言った。「あなたの認否に、裁判官が介入する権限はありません」

「そしたら何で、おればかり責めるんか」

「非の一部はあなたにもあります。無罪になりたいのであれば、弁護方針というものが必要です。裁判には準備がいるんです。意思をきちんと伝えないと、弁護人は立証計画を立てられない」と説明口調で諭した。

だが、江沢はさらに混乱に拍車をかけた。「けっ、こんなやつ信用できっか。検察や警察の取り調べが間違ってないかなんて、一度も聞かれてないぞ」と、弁護人をにらんだ。

安堂は小首を傾げた。事実とすれば、怠慢を疑わざるをえない。

「そうなんですか、弁護人」

「いや、さて、どうでしたかな」浜之上の顔に焦りの色がにじんだ。「時間をとって面会しても、被告人は何も訴えてこなかった。てっきり罪を認めるものと……」

江沢はまたもいきり立ち、弁護人を振り向いた。「何が時間をとってやと！　あんた、嘘つきや。いつも元気かとか聞いて、五分で帰りよったがな」

「それは、言いすぎだ」

この分だと、弁護人と江沢の関係は修復しようがないだろう。選任をやり直すのが適切ではないか――その考えはいくぶん強いそわそわの衝動を伴いながらやってきた。

「弁護人を解任します」考えを定める前に口が動いた。

浜之上が「へっ」と声をあげた。

「弁護人、裁判官の職権であなたを解任します」

廷内がざわざわとした。弁護を生業《なりわい》にする者にこれ以上恥ずかしいことはない。浜之上の怒りの矛先は裁判官に転じた。「あなた、自分が何をしているのか、わかっているのか。弁護士会を敵に回すことになりますよ」

恫喝《どうかつ》の響きがあったが、何も感じない。一歩後ろに下がって、他人事《ひとごと》を見ているような感覚があった。安堂は脳の指令なのか、自分の意思なのか、区別がつかないまま淡々と次の訴訟指揮に移った。

「さっそく新しい弁護人を選定しなければなりません。次の公判期日はその後に決定します」

そう言うと、古川のほうを向いた。「検察官、よろしいですか」

「お任せします」彼はつとめて静かな口調で同意した。しかし声量を比べるなら、帰り際の事務官へのささやきのほうが上回った。「どうも、妙なことになっちまったな。さて、弁護士会がどうでるか。あいつら、裁判官忌避の申し立てまでやってくるんじゃないか？」

3

地裁の裁判官に個人の執務室はない。どこも大部屋になっていて、Y地裁には二つの机の島がある。合議になった場合の裁判体が、ふた組あるということだ。

一つの島に机は三つ。接触面がT字になるように組まれている。窓を背に総括判事の門倉《かどくら》が座り、特例判事補の安堂が右、任官二年目の判事補である落合《おちあい》が左に陪席する。合議の公判になれば、裁判長となる門倉を中心にして、後の二人が同じように右と左を固める。

安堂が洗面所に席を外している間、門倉はひと悶着《もんちゃく》あったことを耳にしたようだ。席に着くと、なぜか上機嫌なまなざしを向けてきた。

「所長は今頃、キンタマを縮みあがらせてるんじゃないの？　役人気質だから」

「私の単審のことですか？」

合議裁判に対し、裁判官が一人で受け持つ単独審理は略して「単審」と呼ばれている。

「そうに決まってるだろう。いきなり初公判から弁護人を解任するなんて、おれも長く法廷で飯食ってるけど、初めて聞いたなあ」

あなたに言われたくないと、安堂は心のなかでつぶやいた。門倉はそう前のことではなく、法曹界に名をとどろかせたことがある。とある原発訴訟で数百キロ離れた火山の危険性が焦点となり、「ふたたび大噴火を起こせば噴石が原子炉を破壊する恐れが否めない」と運転再開にストップをかけたのだ。有史以前の九万年前の大噴火を「リスク」として認定する初判断を示した。「ならば恐竜時代の巨大隕石《いんせき》も、原発のリスクに含めるべきなのか」と論じる新聞の社説もあったくらいだ。

門倉は安堂に先んじて、四国の地裁から異動してきた。定年まで残りわずかとなり、出世を望める立場にはない。最後の年月を小さなY地裁で過ごすことになったのは、この原発訴訟が理由ではないかといわれている。裁判官の人事はいかなる判断を出そうと、それが表立って理由にされることはないため、ウワサでしかないのだが……。とはいえ、もはや彼には怖いものがないようだった。隣の島の裁判官に聞かれようが、書記官の目があろうが、ずけずけと物を言う。

他方、左陪席の落合は寡黙だ。照明の加減なのか、安堂の席からはいつも青白い顔でパソコンに向かっているように見える。

門倉が男性固有の性器の名を口にしたときも、落合は聞こえないふりをしていた。かかわり合いになりたくないのだろう。司法試験、修習とも上位の成績で任官した彼には、輝かしい将来が待っていてもふしぎはない。身構えるのは当然だ。安堂が口を開きかけたところで、そそくさと席を立っていった。

「私は間違ってますかね？」と、安堂は裁判長の長年の経験のみを頼りに聞いてみた。

「被告人に対して弁護人の解任を勧告するのも、結局、同じことだろうよ。おれだって、きみのようにしたさ」

おれだって……？　だからこそ問題なのだ。救いにはならなかった。


Ｙ市は夜、真っ暗になる。県庁所在地とはいえ、ほかの多くの都市と同様にドーナツ化現象が進んでいる。多くの商店が早めに店じまいし、裏手の路地に集まる飲食店がぽつぽつと空には届かない弱い光を灯《とも》す程度だ。

安堂が退庁するとき、午後七時を過ぎていた。通用口を見張る守衛に「ご苦労さま」とあいさつをして外に出ると、暗い街を通ってきた強い風に吹かれ、よろめきそうになった。カバンには民事調停の書類が三件分詰まっていて重い。二リットル入りのペットボトル三、四本分に相当しそうだ。三件の調停は明日一日に、すし詰めに予定されている。今夜のうちにすべてに目を通さなければならないかと思うと、よけいに重量感を感じた。

風にはＩＨ市街に隣接する温泉街のにおいが混じっている。いつかはそこに行って、山路医師の薦めるフグ料理を食べて温泉につかろうと思うものの、半年過ぎてなお実行していない。裁判官に地方政財界のお呼ばれはないため、自ら動かなければ機会は巡って来ない。

偏食は一向に改善しないままだった。夜のシャッター通りにぽつんと光を灯す喫茶店「パロマ」に入り、カウンター席に腰掛けた。

女性の店員が笑みを浮かべながら、メニューと水を運んできた。

「いつものでで、よろしいでしょうか?」

「ええ、いつものをお願いします」と、安堂は苦笑しながら注文を口にした。ほぼ毎日のことなので、さすがに気づいたらしい。言葉にする必要がなかったのは、「ナポリタンとコーヒーのセット」である。

初めは「パロマ」という店の名前に警戒した。スペイン語で「鳩」を示す。ナポリタンを頼むのは慣れた味を求めるためだが、ケチャップの炒め物なら何でもいいということではない。フライパンに引く油に本場スペインのかぐわしいオリーブ油を使っていると、違和感が込み上げてのどを通らなくなる。初めてこの店に来て恐る恐る食したとき、ごく普通のサラダオイルで炒めてあることがわかり、とても安心した。

皿の上の赤いものが半分なくなった頃、隣にずんと震動を感じた。白髪交じりの中年男の顔にはっきりと見覚えがあった。赴任してきた日の地裁内のあいさつ回りで、名刺を交換した記憶がある。それを受け取る自分の指とともに小さな紙が像を結び、そこに印刷された名前を読んだ。

「執行官の津《つ》村《むら》弘信《ひろのぶ》さんですね」

彼はフルネームを言われて、少しぎょっとしたようすだった。安堂はこんなときは名字だけにとどめるものだと学習した。

「やあ、安堂さん、同じ裁判所のなかにいても、階がちがうのでお会いすることがありませんね。半年ぶりですかな？」

頭のなかのカレンダーがめくれ、正確な日数を答えそうになったが、直前で押しとどめた。

「こちらこそ、お茶を飲みにおいでと誘っていただいていたのに、すっかりご無沙汰《ぶさた》してすみません」

「いえいえ、名前までしっかり覚えてくださって光栄です。裁判官の方には、避けられることが多いものですからホッとしました」

執行官とは、特別職の国家公務員である。地方裁判所の監督下で執行処分を行う、といえば堅い職業に聞こえるが、世間風に言い換えれば「取り立て屋」である。企業の倒産時などに裁判所が出す令状をかざして、差し押さえに乗り込む。

　弁護士や司法書士、金融機関などでの十年以上の実務経験が任用の要件となる。裁判所の管轄下にありながら、あるいは職員を執行現場に動員する権限を与えられながら、手数料は直接、債権者に請求する仕組みになっている。主な顧客はむろん、銀行や信用金庫だ。地域の経済界との結びつきは仕事柄、濃くなる傾向にある。

　安堂は腹芸を苦手にしていた。顔つきに警戒の色をありありと浮かべて、「私はあなたを避けたことはありません」と返した。

　若い裁判官は、「執行官に気をつけなさい」と正規の研修以外の場所で教えられることが多い。表立って言わないのは、あまり知られていない事情があるからだ。

　ほとんどの地裁や支部で、執行官は所内一の高額所得者となっている。手数料が歩合制になっているため、執行処分の額が膨らむほど実入りも多くなる。毎年、数千万円の収入を得ていた執行官の事例が国会の質疑で取り上げられたこともある。そうした公務員としては破格の収入の道に深くかかわるのが、差し押さえの許可を出す判事だ。彼らは裁判官にとって、唯一の金銭的利害を伴う身内と言える。

　津村は一緒にナポリタンを味わいに来たのではなかった。運ばれてきたコーヒーを一口すすると、「安堂さんの武勇伝を耳にしましてね」と切り出した。

「ああ、きょうのことですか」

「実際、たいへんでしょう。もし裁判官忌避の申し立てが出れば、最高裁事務総局の耳にも入ることになる。珍しいことですからね」

安堂は「私のキャリアを心配してくださっているのですか」とそっけなく返した。

彼の話の本題はここからだった。大きく眉《まゆ》をつり上げると、「情報があります」と言った。

「情報？」

「茂原市長が襲われた事件についてです。当時はまだ副市長でしたが、私がある筋から耳にしたところでは、あの事件には裏があります。政治がらみですよ」

「どういうことですか？」と思わず声を上げた。骨折した手首の腕吊りをして演説する男を思い浮かべた。

安堂はひと呼吸置いて尋ね返した。「被告人の江沢に、選挙の妨害のためにケガをさせろと指示した者がいるということでしょうか」

津村は「さあ、どうでしょう。それは、あなたが法廷で明らかにすることではないですか」と、はぐらかすように答えた。思わせぶりでありながら、表情の筋肉をわずかに引きつらせていた。そのまま黙っている。理解しにくい顔つきだと、安堂は思った。情報源を気にして多くは言えないということだろうか。

気味の悪さを覚えつつ黙っていたところ、次には彼の頬がわずかに緩んだ。

「私だって、いま話せれば話したい。だが、きょうは少しにとどめさせてください。ねえ、安堂さん、ここがどんな土地か、ご存じですよね。総理大臣を八人も出した保守王国です。こんな県はほかにありません」

　胸を張るかのように話す津村を横目に、近代の歴史年表が思いだされた。明治の元勲から、夏の参院議員選挙の演説中に凶弾に倒れた元首相まで、遺影が次々に浮かんできた。

「あのことは、たいへん残念な事件でした」安堂は元首相を念頭に置いて言った。

「まったくです。まさか白昼堂々、衆人環視のなかで撃たれるとは」

「どんな理由があっても、暴力で社会を変えようとする行為は許されません」

「ふーん、さすが裁判官の方ですな。判決の言い渡しのような物言いだ」

　安堂はそれには反応せず、話を戻すことにした。

「保守王国、それがヒントですか」

「ええ、恐らく十分に。むろん県民すべてとは言いませんが、この地方は歴史や誇りが手伝って住民と政治との距離が非常に近い。あっと、ちょっと批判がましく聞こえましたかな」

　津村はそう言って薄く笑った。その笑みもつかの間、彼は軽く身をのけぞらせた。しまったと思った。話をしているうちに、顔を近づけすぎていたのだ。

　注意欠如に伴う特性の一つで、「積極奇異」などと呼ばれている。興味や好奇心が前のめりになって、対話相手との適正距離を見失ってしまうのだ。医学用語とはいえ「奇異」の二文字は冷たく感じられる。定型発達者の視点のみから語られている。

彼は遠慮なしに聞いてきた。「はっはー、いまのがアレですな」

「アレとは？」

「書記官の間でウワサになってますよ。書類を作っていて、あなたは大事なところになると、ぐっと顔を寄せてくるそうですね」

小さくはないさざ波が胸をよぎった。自覚できていると思っていたのに……。しばし茫然《ぼうぜん》としているうち、気になることを思いだした。

「ところで、津村さん、あなたはどうして私がここにいるとわかったのですか？」

「それも、ウワサですよ。何でも安堂さんはこの店で、ナポリタンばかり食べてるって話じゃないですか。まさか、そんな人がいるとは信じられません。きょうは、たまたまでしょ？」と何でもないことのように話し、赤い染みの残る皿に目をやった。

安堂は力なくため息をつき、なんて狭い街なんだと胸の内でつぶやいた。

4

一人でいるときが、もっとも自分らしくいられる時間だ。安堂は週末をアパートにこもり、気楽かつ孤独な時間を過ごしていた。

部屋着は白色のジャージの上下、下着は肌触りの柔らかな綿を多く含むものと、子供の頃から決まっている。触覚過敏というほどではないものの、肌に接するものは慣れ親しんだ生地に限られる。寝間着などは合わないと眠っているうちにはぎ取ってしまい、裸同然で目を覚まし、風邪を引くことになりかねない。

　目下、その点で心配なのは年末、近くの温泉街で予定されている職場の忘年会だ。ようやく行く機会ができたと思う反面、旅館の糊《のり》の利いたパリッとした浴衣《ゆかた》を身につけ、ケチャップ味は望むべくもない和食に箸《はし》をつけるのを今から恐れている。

　では、周囲に打ち明ければいいではないか——と、自分でもたびたび思うところだが、何一つ話さないのは特性を隠したいことが一番ではない。気遣われるのが嫌なのだ。安堂は机に向かい、頭を振って心配を振り払うと、持ち帰った江沢卓郎の殴打事件に関する書証の写しにひたすら視線を落とした。

　ふと、裁判官の仕事の一般通念に反する現実を思った。他官庁の多くが文書類の持ち出しを禁止しているというのに、最高裁判事でさえ自宅に書類を運んで仕事をしている。日々の業務をこなすには、登庁時間だけでは足りないからだ。自宅で判決文を書いたりすることは「宅調」と呼ばれ、古き良きとは言いがたい伝統になっている。

　法廷外の場所の事務仕事で労働過多になりがちなのは、裁判官の絶対数に根本的な原因がある。日本は先進国のなかで、人口あたりの裁判官の数がもっとも少ないのだ。

　とはいえ安堂にとっては、何より好都合な仕事時間であった。誰の目を気にすることもなく、伸び伸びと体のどこかを動かすことができるからにほかならない。

書類のページをめくるとき以外は、指先を小刻みに机に打ちつけた。ツンツンツンと硬い板に触れる爪先の刺激が心地よいのだ。一人遊びのように繰り返す同じ動きは「常同行動」と呼ばれる。幼児一般、発育段階に広くみられる。特段の理由なく、くるくる回ったりするのが典型例だ。あたかも脳が筋肉や運動神経に向かって、ひそかな訓練を命じているかのように。

安堂の場合、どちらかと言えば情緒が明るめのとき、気がつけば左右の手を広げ、くるくる回っていることがある。とても人には見せられない姿だ。

しかし、安堂はもう子供ではない。かといって脳の要請に逆らっていると、欲求不満のようなものが募り、目の前のすべきことに思考が向かわなくなる。大学受験も、司法試験も、この机ツンツンで乗り越えてきた。ただし連続する音が迷惑になるため、学校の教室や図書館で堂々とできることではない。安堂にとって、一人きりは孤独なさみしい空間とは言い切れない。社会に交わって生きていくために、ツンツンとうるさい音を立てながら準備を積み上げるのだ。必要不可欠な孤独と言えなくもない。

ページをめくるごとに現れる文字列をにらむほど、ため息の数が増えていった。

執行官の津村から、ヒントなるものを授けられて十日ほどが過ぎていた。取り調べ段階の江沢の供述調書、殴打の被害者である茂原のそれを読み込んでみたものの、津村の言う「政治がらみ」はどこにもうかがえない。

ただし、不可解な点はいくつか見つけた。県警の取り調べ状況を記録した日誌によれば、江沢は一度も否認したことはない。逮捕早々に自白を取られ、警察は古川検事から「申し分なし」との評価を得ていたことが記録されていた。

加えて、江沢が反抗的な態度を示したという記録も見あたらない。安堂は日誌の取り調べ時間に注意を払った。おおむね夕方四時頃に留置施設に戻されており、それだけ見ても、取調官を手こずらせていないことがわかる。それなのになぜ、江沢は初公判の当日になって態度を翻したのか。

事件の目撃者として四人の調書が提出されている。タクシー運転手、学習塾経営者、病院の事務職員、造園業者とそれぞれちがう職業であった。現場はゴルフ場に通じる一本道で、いずれの証言者もプレーをした帰りということだった。調書の証言は当然のように、ゴルフ場の門を車で出る場面に始まっている。

江沢が現市長に馬乗りになって殴打しているところに、遭遇した人たちである。警察の事情聴取に、判で押したように同じ証言をしていた。そのなかの一つ、藤山澄久の分だけは厚みが異なっていた。茂原を乗せたタクシーの運転手で、起訴状にもその名がある。

暴れる江沢を「勇気ある行動」で被害者から引き離したとして、警察署長から感謝状を贈られた旨も調書に盛り込まれていた。

検察から見れば、車にぶつかる行為と暴力を誰よりも近くで目の当たりにした証人だ。卒業した高校をはじめ、身上経歴も詳しく作成されていた。三十二歳。柔道の有段者であり、子供たちの柔道教室にボランティアとして通っているという。信の置ける証人として古川が第一に考えていることがありありとわかる。

一方、茂原から聞き取った被害者調書にはこんな場面があった。

〈男が故意に車に接触してきたのだと思ったとき、不正義が許せないという気持ちがわきました。勇気を振り絞って、『わざとぶつかっただろう』と声をかけた次第です〉

その後の市長選の勝利に、少なからぬ貢献をした武勇伝とも言える。詐欺を見破られ、いきり立って暴力に及んだという検察の主張が、この茂原の供述に重きを置くことが読み取れた。

詐欺を見破られて殴打に及んだなら、安堂には解せない点があった。金目的で車にぶつかった者が、こうも豹変《ひょうへん》して暴力に及ぶものだろうか。知能犯から粗暴犯への変身である。

ツンツンツン……爪先から覚える刺激のなかに、ふと江沢のふてくされた顔が浮かんだ。

暴力団の「準構成員」という認定だが、裏付け資料が何も見あたらない。警察の組織犯罪担当からの情報だろうか。前科の履歴も提出されていない。暴力団関係者であれば、一ページ分が犯罪履歴で埋まっていてもおかしくないのだが、被告人の素性を証明する資料は戸籍謄本と住民票しかなかった。定職を持たないらしく、納税証明なども見あたらない。江沢はどんな人間なのか……。

安堂は勢いよく立ち上がった。窓に歩み寄り、カーテンを「ジャリッ」とレールが音を立てるほど乱暴に開けた。カーテンが憎いのでも、いらいらをぶつけたのでもない。人の目がないと注意力が働かず、力の加減を間違ってしまうのだ。

　こんなことは往々にして、自分の意思より脳に住む支配者の力が強まっているときに現れる。思えば、弁護人に解任を告げたあの瞬間にも似た感じがあった。やはりあれは、脳の支配者の影響なのか。

　アパートの五階の部屋から見える街は、晩秋の穏やかな陽光を受けていた。木々が紅と黄色に色づいていた。安堂はそわそわしながら靴を履き、衝動か自分の意思か自覚しないまま表に飛びだしていった。小春日和から散歩に誘われたのではない。

5

　タクシーは市郊外を流れる川沿いの道で停車した。安堂は千数百円を現金で払い、江沢の家があるという番地に降り立った。息を吸うと、枯れ草のような匂いで肺が満たされた。ほのかに茶に色づく山々から漂ってくるのだろう。

　ただ、川の西側は自然そのままの風景ではなかった。だだっ広い埋め立て地が造成されている。企業の進出を待つ工業団地だろうか。農家の屋根がちらほらのぞく山側ののどかさを思えば、アンバランスな景色に見て取れた。

運転手がナビを見ながら教えてくれた番地は山一つ分の広さがあった。集落のくねくねした細い坂道で迷い、ようやく江沢家を見つけたときは車を降りてから三十分ほど過ぎていた。

　そこは廃業したことがありありとわかる農家であった。安堂は敷地の入り口にたたずみ、刑法の一つ、住居侵入罪を頭に思い浮かべた。

　この罪は住人の意向や利益に著しく反する場合に適用される。泥棒はもちろん、風俗店のチラシをところ構わず玄関口から差し入れ、摘発された例がある。要点は他人の敷地に入る目的のいかがわしさであって、許可の有無ではない。安堂は自分の立場は郵便配達や宅配業者とさして変わらないだろうと考え、敷地のなかへと足を踏みだした。

　古い木造の平屋に、納屋が近接して建っていた。のぞいてみると、隅の暗がりにさびついた小型トラクターが一台、所在なげに鎮座している。カビの匂いが鼻をついた。収穫した野菜などを収めるプラスチックのコンテナも、いくつか散乱していた。積年のほこりをかぶったまま転がっている。

　トタン葺《ぶ》き屋根の小さな牛小屋もあった。子牛を競り市に出す繁殖農家でもあったことがうかがえる。だが母牛も子牛も姿を消してかなりの歳月を経ているらしく、蜘蛛《くも》の巣が何重にも張っていた。

　被告人はやはり一人住まいのようだ。呼び鈴を押しても何の音も聞こえない。断線か、電気を止められるほど困窮していたかのどちらかだ。

家屋の裏は雑木林になっていた。と思ったのは早合点でしかない。雑草が土を隠す土地に、見上げるほど背の高い柿の木が七、八本並んでいた。ここは畑なのだ。それぞれの木が飾りのように、赤い実をつけた枝を広げている。

草を踏みしめながら、畑のなかへと入った。背伸びをして一つをむしり取った。手のひらに載るそれは、つやつやとした感触を伝えた。指で押してみると、軟らかい。皮をむけば、ふくよかな甘い実があらわになるように思えた。

じっと見つめていると、ふいに後ろから声がした。

「やめときい。それは渋柿や。食べても、うまくもなんともない」

振り向くと、かっぽう着を着た高齢の女性がそこに立っていた。

おばあさんは小太りで、すこしだけ腰が曲がっていた。

「あんた、泥棒かと思ったわ。この前、山のてっぺんのほうの果樹園で、盗《ぬす》っ人《と》が出たばかりじゃ」というわりには、目が笑っている。安堂は表情を読むのが苦手だ。目尻の深いしわが、そう思わせるだけの場合もある。

泥棒と本気で思っているわけではないと考えたものの、ここは念を入れて、「私は泥棒ではありません」と否定しておいた。

彼女の手には竹籠《たけかご》がぶら下がっていた。もぎ取ったばかりとみられる柿の実が山盛りになっている。

安堂は「その柿は甘いんですか」と、竹籠を指さして尋ねた。

「見てわからんかね、渋柿に決まっちょる。ほら、皮がつやつやしとるやろう」

「どういうことですか」

「あんた、都会の人やね」

「そうですけど」

ハーという深いため息が聞こえた。「実が甘かったら、そのへんのカラスや虫がみんな食べに来よる。渋くて虫も食わんから、こんなにきれいに実るんじゃ」

「だったら、この畑は何のためにあるのでしょうか」

「干し柿を作るんじゃ。つるし柿とも言う」

「ああ、干し柿ですか」と返事をしつつ、安堂はまだわかっていなかった。

「お兄ちゃんなあ、甘柿より、渋柿のほうがずっと糖分が多いんじゃ。鳥や虫から大事な実を守るために、わざと渋くなっとるのよ。この木のどこに脳みそがあるか知らんけど、たいした知恵じゃ」

「なるほど、干して風にさらしているうちに渋みが抜けるんですね。そして、豊かな甘みだけが残る」

おばあさんの目がより細くなった。「やっと、わかったようやの。あんた、大学出か」

「ええ、まあ……干し柿が渋柿だなんて、まったく知りませんでした」

そのとき、おばあさんの目が安堂の足元に向いた。

「なんね、その革靴は？」

「あっ」安堂は白いジャージの裾《すそ》の下で、黒く光るものにようやく気づいた。アパートの玄関を出るとき、そわそわが強まっていたのを思い出す。

「まあ、ええけど……しかし、何で人の畑をうろついとるんや？　ここは江沢さんの土地やけど、家には誰もおらんわ」

「あなたは？」

「隣のもんじゃ」と、木の間にのぞく古屋を指さした。

安堂は好都合だと思った。「私は裁判所から来ました。卓郎さんについて、お話を聞けませんか」

「そうか、まだタクは牢屋《ろうや》におるのやったな。市長を殴ったちゅうから、しかたないことやけど」

タクと親しげに呼ぶところをみると、被告人をよく知っているのだろう。

「残念な事件です」と安堂は返し、江沢家が農家をやめたわけを尋ねてみた。すると、彼女の顔が曇った。話を渋ろうというのではない。まったく逆であった。

「あんた、よく聞いてくれた」と、急に怒り顔を向けてきた。「そもそも市の土地開発のせいなんじゃ。このあたりの農家は役所のせいで、おかしくなった人がほんと多い」

「川べりの工業団地のことですか」

「そうや、大金かけて平たい土地を作って、空き地のまんまじゃ。もう二十年たつかのう」

彼女によると、そこはかつて田んぼが広がっていた場所だった。集落の農家が川から水を引き、米作を営んでいたが、補償金をもらって土地を売った。その多くが新たな生業を見つけるのに苦労したという。

とりわけ、江沢の父親はあぶく銭に人生を狂わされた。おばあさんは眉間《みけん》にいっそうのしわを寄せ、「ろくな男じゃなかったよ。外車を乗り回してみたり、株の投資やら、ギャンブルやらで身代をつぶしよった」と話した。

アパートの部屋で見た戸籍謄本のページが頭をよぎった。父親の氏名のそばに「死亡」とあった。「卓郎さんのお父さんは、どうしてお亡くなりになったのですか」

「首をくくったんよ。もう十年たつかな」

おばあさんの記憶が正しければ、当時、卓郎は十二歳ということになる。

「最後はヤミ金からも借金して、ヤクザみたいなのが来て脅されとった。怒鳴り声がよう聞こえてきよったわ。イクもタクも、かわいそうやった」

姉の名も戸籍謄本で目にしたばかりだ。江沢郁美《いくみ》。十歳も年の離れた姉で、彼女も去年死んでいた。そのわけも聞かないではいられなかった。

「脳梗塞《こうそく》を起こして、そこの庭先で倒れたんよ。朝やったわ。ホームセンターで元気に働いとったのに、出勤しようかってときでな。タクが見つけて救急車で運んだんやけど、次の日に亡くなってしもうた」

「それは突然でしたね」

「救急車に乗るときは目を開けとったわ。意識があって、助かると思ったんじゃが……」

「お気の毒です」

「そやけどなあ」と、おばあさんの声量がまたあがった。「父親には同情はいらんよ。子供らに母親がいなかったのも、あれのせいじゃ。大酒飲みで、毎日、嫁を殴っとったそうや。タクが生まれてすぐ母親は家を出ていった」

　卓郎の生い立ちを黙って胸に刻んでいると、ふいに顔をのぞきこまれた。

「あれっ、あんた、裁判所の人やったなあ。まさか、また赤札張りにおいでなさったか？」

「いや、ちがいます。私は卓郎さんの今の裁判の関係者です」

じっと見つめられて、やや戸惑った。老境を刻む目尻のしわは深い。笑んでいるのか、怒っているのか、区別がつきかねた。

　思えば、執行官の津村とのつながりも見えてきた。赤札とは差し押さえた物品に張る紙の通称だ。おばあさんによれば、江沢家は田んぼのほか、近所に広い果樹園を所有していたという。差し押さえはその土地では済まなかったようだ。

「贅沢《ぜいたく》な外車は持っていかれて当然やけど、借金取りの連中が次々に来て、ゲーム機やら自転車やら、子供の物まで取りあげよった。そういえば、牛も連れて行かれたわ」

残ったのは、老朽化した木造家屋と裏の畑を含めた土地だけということだろう。建物は取り壊し費用がかかるうえ、住民の居住権を尊重せねばならず、現金に換わりにくいのだ。

ふと頭のなかで、おばあさんの批判が数日前に何げなく読んでいた地元紙の記事と結びついた。市土地開発公社の借り入れの償還期限が迫り、市が債務圧縮を銀行団に働きかけているというものだ。その返せなくなった借金の原因として、工業団地への企業誘致が頓挫《とんざ》した経緯が説明されていた。川べりの空き地のことだと察した。

集落の人々の生活を乱した原因を作った行政は借金を減免してもらえそうなのに、子供のおもちゃまで取り上げられた江沢家の不条理を思った。

おばあさんが「あらっ」と声をあげた。「きょうはお客さんが多いこと」

視線をたどると、スーツに身を包む眼鏡をかけた女性が家の陰に立っていた。もう一人の来客は、やや声をうわずらせながら聞いてきた。

「安堂裁判官ですよね。どうしてこんなところに？」

帰り道は、女性の軽乗用車に同乗させてもらうことにした。彼女は弁護士で、地元の実業家の離婚調停で何度か会議テーブルを挟んで向かい合っていた。

小野崎乃亜《おのざきのあ》という名を思いだすまで、例のごとく時は要さなかった。訴状にあった代理人の署名を頭に浮かべていた。それはお世辞にも上手と言える字ではない。安堂は助手席に腰を据えると、今の状況に何ら関係のない筆跡というものに思考がとらわれるのを止めるため、シートベルトをきつく締めた。何かに圧迫される感触は、むずむず、そわそわのほか、気が散るのを予防する効果もある。小野崎は、ベルトの長さを必要以上に短くするようすに不可解そうな視線を注いでいた。

　まずは礼を言う必要がある。

「おかげでタクシーを呼ぶ手間が省けました。助かります」

「私のほうこそ、ご挨拶《あいさつ》に行く手間が省けました。もうおわかりだと思いますけど、私が浜之上の後任に選任されました」

「よろしく、お願いします」

「こちらこそ」

　数分の間、居心地の良くない無言の時間が続いた。町場に入ったところで、小野崎が切りだした。

「私は次の法廷で、裁判官の忌避を申し立てなければなりません」

「弁護士会幹部のみなさんの意向ですか？」

「そうですが、私も同じ考えです。小委員会で話し合い、裁判官との信頼が築けないという結論になりました」と、彼女は前方を見つめたまま淡々と答えた。

「理由をおうかがいしたい」

「浜之上さんは情状に訴え、刑の減免を求める弁護方針でした」

「そうですね。なのに、被告人から十分な聞き取りができていなかった」

「確かに、ご指摘の通りです。しかし、安堂判事は弁護人に機会を与えるべきだったと思います」

「判事ではありません。特例判事補です」

「失礼しました。では、安堂特例判事補、私の意見を申しあげます」

「どうぞ」

「被告人が弁護人に非協力的で、公判でいい加減な主張をするのはよくあることですよね。ただちに意思疎通を問題視し、弁護人の解任にまで踏み出すことは理解できません。即断に過ぎると思います」

　そのことは初公判以来、一日一度は考えることであった。江沢は法廷で、無実かどうか弁護人から聞かれもしなかったと声を荒らげ、浜之上も否定しなかった。この頃では、自分の判断でそうしたように思えている。脳が勝手に指令を出したのではないような。

　小野崎は話を続けた。

「私選ならともかく、国選には裁判所も配慮すべきです。被告人が心を開かないからと言って、何時間も説得にかける余裕は弁護人にはありません。一生懸命やればやるほど、時給にしたら最低賃金を割ってしまうんですよ」

そこには日本の司法制度の頼りない面が横たわる。裁かれる側の権利への国民的理解が進まないせいか、国選弁護の費用をあげられないでいる。制度がなっていないのに、弁護人のいたらなさばかりを責める訴訟指揮は受け入れがたいということだ。

運転する彼女に目をやった。さぞ厳しい顔つきをしているかと思いきや、表情筋が緩んでいた。口元にも怒った人に特有の突っ張りはない。そのうえ眼鏡の下の目が、うっすらと笑っている。

怒ってはいないのだろうと思われた。安堂は子供の頃、人の表情を読むことがほとんどできなかった。そのあたりの問題は、暮らしのなかで他者とのコミュニケーションを積み重ねるしかなかった。人が見せる様々な表情を学習し、記憶倉庫に保管することで、年齢を経るに連れ安定してきた部分ではあった。

「何か、おかしいですか」

「ええ、おかしいです。その革靴です」

「そうですか」

「そうですか、じゃありませんよ」

足元の話はそれで終わった。

「小野崎さん、一つ聞きたいのですが、あなたは江沢家で何をしていたのですか?」

「経済状況の調査です。私が着いたとき、安堂さんがお隣さんから話を聞かれていたので、情報収集は十分にできました」

「聞いていたのですか」

「ええ、立ち聞きしていました。おばあさんのお話に、ずいぶん共感されていましたね」

ただちに、首を横に振った。「共感ではありません。共感と理解はちがうものです。私はおばあさんの話を理解したと思っています」

「それは失礼しました。これから公判が再開されようかというときに、裁判官が同情なり、あわれみなり、被告人に共感を寄せているなんて大きな声では言えませんもんね」

そのことより安堂の腹には気になることが居座っていた。隣家のおばあさんに聞き忘れたことだ。

「ところで工業団地はなぜ、あんなに閑散としてるのでしょう」

「行政の事業としては大失敗ですよね。だけど、市にも運の悪い面があったようです。一度は前向きだった半導体企業が、工場建設を見送ったと聞いています」

そのとき、ふいに脳がカレンダーの投射を始めた。過去に向かって猛スピードでめくれていく。記憶をたどるとき、安堂の額の先にはいつからか、立体画像のようにそれが現れるようになっていた。

誰もがスマホを自在に使いこなす時代に、想像上のアナログに頼っている自分がおかしかった。それはそれとして、カレンダーには社会年表が付属している。おばあさんは空き地ができてから、「二十年たつ」と話していた。それは日本国内で「半導体不況」という言葉が乱れ飛んだ頃にあたっている。

台湾《たいわん》や韓国の企業に追い上げられ、名だたる企業が次々に事業から撤退した。さらには製造業の多くが生産拠点を海外にシフトした時期とも重なる。半導体企業の代わりも見つからず、タイミングが最悪だったのだろう。

地方経済の凋落《ちょうらく》は、東京にいては実感しがたいことだ。さっきまでいた農村の静かな風景が、世界経済につながるふしぎを思った。

6

暦は駆け足で師走に入り、残り十日ほどで一年が終わろうとしていた。官庁街近くの商店街はふだんと変わらず人通りは少なかったものの、クリスマスの景色は街の小さな店々の意欲を受け取るに十分であった。イルミネーションの飾りつけがなされ、サンタの格好をした人たちが歩行者にクーポンの付いたチラシを配っていた。

安堂も一枚もらった。そのなかの広告の一つに、「調理済みフク　三割引き」という宣伝を見かけた。地元の人々は縁起をかつぎ、フグを「福」と呼ぶのである。

「魚《うお》よし」という屋号の鮮魚店は、郵便局の裏道を入ってすぐのところにあった。丸い皿に入ったフク刺しが並べられている。夕食のために一つ買い求めることにした。今夜はナポリタンはやめておこうと思った。

　手前の皿の一つに手を伸ばしたとき、ふいに脳の指令を感じ、指先を落ち着かせようと強く拳《こぶし》を握った。すべての皿を覆う透明なラップに、人さし指でぶすぶすと穴を開けたい幼児的衝動がやってきた。もうはるか昔に子供ではなくなっているのだが――。

　実は、山路医師との出会いは、大学病院に診療に赴いたからではない。通っていた小学校に近いスーパーの魚売り場だった。ランドセルを背負ったまま刺し身パックにぶすぶすと指を突っ込んでいると、後ろから肩を支えられた。そのときのやさしい力加減を覚えている。

「あなた、お名前は？」

　叱られるのではなく、名前を聞かれることから医師との付き合いは始まった。アパートに戻ると、ケチャップは見ないようにしてフク刺しの皿のラップをはぎ取った。もみじおろしと酢《す》醤油《じょうゆ》を小皿に空け、ほぼ透明な薄い切り身に箸が触れたとき、やっぱりというか、その手が止まった。空腹にもかかわらず、脳が拒否するよう指令を出すのだ。

　安堂は一度天井を仰ぎ見て、パソコンを開いた。山路が気づくかどうか。約束はなかったが、通信アプリを起動させた。

彼女の顔が画面に現れると、ただ安心感が込みあげた。研究室に一人居残っていたらしく、背後に見慣れた書棚が映っていた。

「おや、清春くん。こんな時間に珍しいね」

「ごめんなさい、先生、すこしお時間くださいますか」

「もちろんよ。さては、そのしょんぼりした顔を見ると、きょうはカウンセリングかしら？」

「ええ、お願いします」

「元気ないわね」

「疲れたんです」

「例の裁判官忌避とかいう申し立てのこと？」

安堂は明瞭《めいりょう》に意思を伝えるべく、大げさに首を横に振った。「そんなことが心に堪《こた》えるなら、ぼくは逆によろこぶと思うんです」

「はて、どういうことだろう？」と、山路は眼鏡を持ち上げてカメラをのぞき込んできた。

「まず、いま自分が思うままを話してみなさい」

「はい、そうさせていただきます」と安堂はうなずいた。「ありていに言えば、ぼくの裁判官としてのキャリアにかかわる問題なんです。棄却すれば弁護側は高裁に即時抗告し、地裁内の問題ではなくなる。場合によっては人事を握る最高裁事務総局にトラブルメーカーの烙印《らくいん》を押されかねない。そんなピンチなのに、怖いとも思わない。何も感じないんです」

「ふーん、自分の将来がどうなるのか、気にならないことが悩みってわけね」

「ぼくはがんばってきました。その苦労が水の泡になろうとしているのに、焦ったり、心配になったりもしない」

「で、清春くんはどう思うの？」

　貧乏揺すりが強まった。脳の指令に負の感情が重なる場合もある。地震が来たときのように、目の前のパソコンが小刻みに揺れていた。

「苦しいです」

「苦しい？」

「ええ、とても苦しい。四六時中、人目を気にしなければならなかったり、衝動への恐れを持ち続けなければならなかったり……ぼくは自分が思う以上に疲れていると思うんです」

　ＡＤＨＤの衝動性や落ち着きのなさは、子供のときにそれと診断されても、多くは十代を過ごすうちに症状が緩やかになる。安堂は残念なことに、そこに入れなかった。涙目になっているのが、まぶたの熱さから自分でもわかった。

「でも、将来が気にならないことが、どうしてそんなに悲しいのかなあ」

「特性を自覚して日々、それに振り回されないようにするだけで、ぼくは一杯いっぱいになっています。社会に交わる、ただそれだけのことのため必死になって生きている。将来を心配する以前の問題が、いつまでたってもぼくから離れていかない」

安堂は投げやりに言って、天井を向いた。それでも涙がこぼれてきた。灰色の雲が視界に渦巻いてきて、身がすくんだ。幼い頃から、たびたび経験してきた幻視だ。悲しいとき、これが繰り返す。自分にだけ明日が来ない気がしてくる。

ただ、山路の一言で雲の色がにわかに薄らいだ。

「あなた、お名前は？」

答える前に、目の前のティッシュをつかみ取り、ズズッと音を立てて洟《はな》をかんだ。ついでに同じ紙で頬を伝う涙も拭《ふ》き取った。「すみません、ちょっと汚いですね……安堂清春です」

「うん、いい名前だね」

注意散漫で、落ち着いていられない子供は周囲から叱られながら育つため、心理的に自己肯定感がなかなか持てない。自らへの評価がつねに低空をさまよいがちなのだ。何でもいいから、褒められることが気持ちを和らげることにつながるのかもしれない。

やがて山路のカウンセリングはいつもの質問に戻った。

「最近の忘れ物は？」注意欠如はしょっちゅう忘れ物というトラブルを連れてくるが、山路は決して忘れ物をするなとは言わない。

「よく行く喫茶店に、先生からいただいた万年筆を忘れました。無事に回収しましたけど」

「うん、結果オーライだね。私としては、ちょっぴり残念だけど……ところで、そのとき何してたの？」

「本を読むのに没頭していました。あっ、そうだ。もっとひどいのを思いだした。ジャージなのに革靴を履いて外出しました」

「あら、それは大惨事だね。女性に会わなかった？」

「農家のおばあさんに、あきれられました。革靴で入ったのが畑でしたから」

山路はカッカッカッと声を立てて笑った。いつもと同じ声と調子だ。リラックスしたせいか、彼女に報告があるのを思いだした。

「きょうは裁判所の帰りに、フグ刺しを買ったんです」

「ほう、やっと挑戦する気になったのね」

「でも、ちょっと高かったです。がんばって食べてみます。吐き出すかもしれないけど」

「吐くなんて、気にしないことよ。誰も、もったいないなんて言わないから。いや、フグだと、やっぱりもったいないか」

7

江沢卓郎の裁判が再開した。安堂が法壇に立つと、「起立！」という廷吏の声が響き渡った。被告人の江沢はむろん、検察官席に古川、弁護人席に小野崎がすでにいた。

開廷を宣言すると、小野崎が挙手をした。覚悟はしていた。さっそく裁判官忌避を申し立てるのだろう。

「弁護人、どうぞ」と促すと、なぜか小野崎は何の言葉も発さず、法壇の下までつかつかと歩み寄ってきた。

「どうしましたか」

「裁判官忌避の件ですけど、しばらくようすを見ることにしました」

「弁護士会の意向ですか」

「いいえ」と彼女は首を横に振った。「私の独断です。誤解されないように申しあげますが、安堂さんを助けるためではありません。あなたに裁判を仕切ってもらったほうが、都合がいいと考えて出した結論です」

「私が被告人に同情を寄せていると思うなら、間違いですよ」

すると彼女は「そうでしょうか？」と疑問の目を向け、薄く笑んだ。

古川から文句の声が飛んだ。「弁護人、裁判が再開するや、いきなりひそひそ話ですか」

小野崎はくるりと振り向いて言った。

「では、検察官にも報告いたします。裁判官忌避の申し立ては当面、しません。事件の審理には直接かかわらないことですので」

「承知しました」古川は短く答えながらも、なお不機嫌な面持ちで腕を組んだ。

静かになったのを見計らって、安堂は検察側に冒頭陳述を行うよう促した。法廷の外では

「冒陳」と略して言うこの手続きは、検察側のいわば立証計画の表明だ。何を起訴事実の証明の核とするかがわかる。

その計画にもとづき、供述調書などの証拠が提出される。一つひとつの書証を検察官は法廷で明らかにし、弁護側は証拠認否でこれに応じる。

冒陳が終わって証拠認否に入ると、弁護人の対応は検察側の想定を超えるものとなった。小野崎はおよそ九割の書証に関して、「不同意」「同意しない」を連発したのだ。

古川は明らかに気を悪くしていた。

「裁判官」と野太い声をあげ、意見を述べることを求めた。

「検察官、発言を許します」

「否認事件とはいえ、弁護人は詐欺未遂と傷害で、どれだけ法廷を長引かせるつもりでしょうか」

不同意とされた書証の分だけ、法廷で証拠調べを行わなければならない。供述調書の場合、それに署名した人物を証人として呼ぶことになる。古川が発した罪名の前に、誰もが聞き取ったのは「たかが」という隠れた三文字であった。

「異議あり」すかさず、小野崎が立ち上がった。「検察官は弁護方針に介入しています」

「認めます。検察官、弁護のやり方への言及は避けてください」

「それはそうですけど、少年時代の補導記録まで同意しないのは納得できません」

車への「当たり屋」をかつて二つ年上の非行仲間と実行し、詐欺未遂で家庭裁判所に送られた際の記録だ。

小野崎が異論を唱えた。「被告人がタクシーにぶつかった行為にかかわるもので、弁護人として証拠調べを求めます。保険金詐欺を目的とする、そう検察官が見なした理由は五年も前、十七歳時のこの非行にあるからです」

「おい、それだけじゃないぞ。詐欺の犯意はいくらでも立証の用意がある。それにしても弁護人は、過去の家裁が作成した書類にまで文句をつけるのか」

「文句とは聞き捨てなりません。訂正を求めます」

「訂正だと！　それを言いたいのはこっちだ。それに身上調書にまで同意しないとは、どういうことだ？　ここにいる被告人が、江沢卓郎ではないとでも言いたいのか」

彼女は勢いよく立ち上がった。「被告人が暴力団の準構成員と見なされていることへの疑義です」

そこは安堂もかねて不可解に思っていたところだ。弁護人の言葉を待った。

「少年期の詐欺未遂事件で共犯関係にあった者は、確かに暴力団組員です。その後も当たり屋をやめず、現在、服役中です。しかし、その経緯や交友をもってして、準構成員と見なすのは乱暴です」

古川が憤然と反論した。「県公安委員会のリストに載っているんだ。何なら、お宅さんにコピーを進呈しようか」

「けっこうです。リストにあることはすでに承知しています。ですが、これも少年期の非行とともに、詐欺未遂とされた被告人の行為に偏見を持たせた一因と考えられます」

もはや法廷は不規則発言が自由にまかり通る舞台と化していた。しかしながら、安堂は胸のうちでひそかに安堵《あんど》していた。弁護人が小野崎に代わったことにより、審理が成り立つ見通しが立ったからだ。

だがその思いは表に出すべきではない。冷静な口調で、「検察官、弁護人、ここは証拠調べの場ではありません。これ以上の発言は慎んでください」と告げた。

しかし、ベテランの古川は裁判官の底意をくみ取ることに長《た》けていた。隣の事務官の耳に極端に口を近づけ、「裁判官は弁護人の味方だとさ」とささやいた。唇の動きですべてわかった。

「検察官、私は誰の味方でもありません」

古川はびっくりしたように丸い目を向けた。「裁判官、あなたの前では内緒話もできませんなあ」

それには構わず、安堂は淡々と訴訟指揮を弁護人の陳述に移した。さて、数々の証拠を認めないわけを彼女はどう説明するのだろう。ところが、小野崎の弁論は五秒とかからなかった。

「起訴事実はすべてにおいて、あいまいです。被告人の自白は警察官および検察官の偏見にもとづき、誘導したものと考えます。以上」

「以上って、それだけか」と、古川はなおも独り言を続けた。

安堂もいささか拍子抜けしていた。どんな策があるのだろう？　その疑問は胸にしまい、次回公判の予定を話し合うことにした。

「検察官、証人を申請しますか」

「もちろんです、近接の目撃者であるタクシー運転手を申請します」と古川は即答した。予想通りだ。

「弁護人はどういたしますか？」

小野崎はゆっくり立ち上がった。「申し訳ありません。まだ準備途上のため、ここで証人の名は言えません。慣例通り、次回公判の二日前には起訴事実への反証の方針とともに、証人名を通告します」

安堂は了承の合図としてうなずき、「弁護人は必ず通告してください」と念を押して閉廷した。

古川は訴訟指揮に不満があるのだろう。一礼もせず、肩を揺らして法廷を出て行った。弁護士会ばかりか、検察にも敵意をもたれたようだ。

女性の高い声域が苦手だということを改めて実感した。安堂は可聴域が高音側にずれている。そのことで女性の声が聞こえすぎて神経に障るのだ。

こめかみに痛みがずきずきと響く。本人には申し訳ないけれど、検察官とやり合った小野崎の声が今頃になって痛みに変わってきた。

眉間を指でもみながら自席に戻ると、自分の物ではない青いファイルが置いてあった。中は見えない。手をかけたとき、前の席から落合が首を伸ばしてきた。

「執行官の津村さんが来てました。ぼくが帰ってきたとき、置くところを見ました。何だか、ぼくに見られてバツが悪そうでしたね」

どういうご関係ですか、といわんばかりの白い目を向けられた。

「何だろう?」と安堂はつぶやき、ファイルの中身を取りだした。すると、一枚の新聞記事のコピーが滑り出てきた。安堂が赴任する直前の今年三月の日付になっていた。

そこには永田町界隈《ながたちょうかいわい》で「将来の首相候補」とささやかれる衆院議員の名があった。現在、外相という地位にある。世界を飛びまわるその要職が、見出しの一部に取られていた。

外相後援会への違法勧誘

副知事に県管理職の八割協力

記事の中身に目を通した。

〈前副知事が外相後援会への入会を職員に働きかけていた問題で、県の調査報告書が明らかになった。課長以上の管理職の八割が関与を認め、県庁ぐるみで特定の政治家を支援した実態が裏付けられた〉

外相が参院から衆院に鞍替《くらが》えした去年の衆院選挙が舞台だという。今夏の参院選では元首相が不幸な死を遂げた。地元政界は激震続きなのだ。

当時の副知事は次代のホープ、「わが郷土、九人目の首相」に力を貸そうと並々ならぬ支援に注力したようだ。執務室に幹部職員を次々に呼び、後援会の入会申込書を手渡し、部下に対する勧誘活動をさせていたという。副知事は公選法違反に問われ、簡裁から罰金三十万円の略式命令を受け、去年のうちに辞職していた。罪に問われたのは、法が禁じる「公務員の地位利用」である。

発覚当時は全国ニュースにもなっていた。安堂はまだ東京にいた。近くの広島では、現職の法務大臣が世を騒がせたばかりだった。参院議員に立候補した妻のため買収資金を地方議員らにばらまくという事件が、違反の性質は異なるとはいえ、何ら響いていない。

選挙となれば分別も何もないこのありさまが、津村の言う「保守王国」の一面なのか。県庁が組織だって一人の政治家を支援するとは社会通念の矩《のり》をいとも軽々と超えている。しかし、これが江沢の事件とどう絡むのか……。安堂には見当もつかなかった。

首をひねっていると、落合が頭を持ち上げた。

「安堂さん、仕事おもしろいですか？」

「どうしたの？　急に」

彼の目はやや充血していた。令状当番に当たったって、昨夜《ゆうべ》はよく寝ていないのだろうと思った。

自宅に帰っていようが、警察から連絡が入れば庁舎に急ぎ戻らねばならない体力のいる仕事だ。

「ぼくは、おもしろくありません。判決の草案を書くにしても、判例探しばかりで、まったく自分の頭を使っていないことに気づきました」

司法判断は、これまで裁判制度が積み上げてきた膨大な数の判例に頼るところが大きい。民事にしろ、刑事にしろ、法の適用や解釈で迷うことがあっても、データベースで判例を探せば、たちまち正答が見つかるのだ。頭を使わないで探すだけ……安堂にも覚えがあった。

「ぼくは、いいと思いますよ」

「ん？　何のことかな」

「安堂さんが弁護人の過誤を指摘して、解任を即断したことです。先例を探したけど、極左に偏向した弁護人の審理妨害とか、そんなのばかり出てきて、安堂さんのようなケースは見つかりませんでした。自分の頭を使ったんだなって、うらやましく思いました」

落合はそう言うと、ふたたび黙り込んでパソコンに向かった。

8

クリスマスイブを翌日に控えた金曜日、飲食店街は忘年会のピークを迎えていた。午後六時を過ぎたばかりというのに、狭い通りのどの店も満席に近かった。

地裁職員の忘年会は、温泉旅館の広間を借り切って催される。安堂は幹事に体調がおもわしくないと告げ、参加を辞退した。海産物中心の多彩な食材や、酒が進むほど勢いを増す喧騒《けんそう》を怖がって嘘をついたのではない。

朝からのどに軽い痛みを覚え、額にほてりを感じた。体温計は三十六度八分と表示した。感染症の収まらない時世に宴会から逃げ、それでいて仕事を休まずに済むにはいい具合の体温であった。

地裁の門を出たところで、温泉街に向かう同僚らと別れ、ひとり飲食店街に向かった。職員の誰にも見られないことに安心を覚えつつ、喫茶パロマのドアを開けた。

ところが、そこに知った顔があった。小野崎乃亜が中ほどのボックス席から手を振っている。どうやら、待ち伏せされていたようだ。逡巡《しゅんじゅん》しつつ、向かい合わせに座った。

「私に用事でしょうか」

「はい、お待ちしておりました」

水を運んできた店員にナポリタンとコーヒーのセットを注文すると、彼女は「私も同じものを」と告げた。

「どうしてここに？　裁判所、もしくは法廷ではだめなんですか」

「内密の相談があって来ました」

「お断りします。内密とは、公開裁判の原則に反します」

「わかってます。だけど私だけじゃどうしようもなくて、恥を忍んでうかがいました」

「いえ、お帰りください」

　そのとき、脳が左手に指令を出してきた。テーブルの上にあったので動かすわけにもいかず、代わりに左足に頼んだ。気づかれないように膝《ひざ》を細かく上下させた。その刹那《せつな》、彼女に先手を打たれた。

「私はほんとうは駄目弁護士なんです」

　一瞬、安堂はぽかんとした。「それはそれは、ずいぶんな自己評価ですね」

　つい会話に引きずり込まれてしまった。

「正直に言います。私は東京の大手事務所では、まったく役に立ちませんでした。二年でクビ同然に辞め、この街に来たんです。祖父母を頼って」

「おじいさんとおばあさんが、こちらにお住まいなんですね」

「ええ、父方の実家に移り住みました。この県に来たのは、父のコネを頼りに仕事を見つけるためです」

「というと、お父様は有力者なのですか」

「駐米大使の小野崎淳造《じゅんぞう》です」

「ああ、あの小野崎さんですか」テレビのニュースで見た顔を思いだした。「あの方がお父さんですか。だから、外国でも通じるように乃亜というお名前なんですね」

「ええ、私はジュネーブで生まれました。キリスト教圏の男性に多い名前で、女性は少ない。それで欧米に行くと、けっこう目立つんです」

「なるほど、じつは、私の清春も案外、目立つんです。ご高齢の方に会ったとき、『若い人には珍しい。父親と同じ名前だ』と喜ばれたことがあります」

彼女は「安堂さんも冗談を言うんですね」と笑った。だが、すぐに口元を引き締めた。「父はＹ県出身の官僚では、出世頭なんだそうです。次は外務次官か、政治家かと期待している人がたくさんいます」

安堂は住む世界がちがうと思ったが、口には出さなかった。

「地元企業やお役所から仕事をもらうのには困りません。だけど、実力も経験も私にはないんです」

ふと脳の深くに刺激を覚えた。頭に浮かんだのは「保守王国」とささやいていった津村の顔だ。そして、彼がフーッと消えたかと思うと、なぜか柿の木の下で会ったおばあさんが現れた。

なぜだろう？

ナポリタンが運ばれてきた。テーブルは二つの皿がぶつかりそうになるほど狭い。タバスコを振りかけながら、いつ仕事の話になるのかといぶかっていたところ、そのときが来た。

「被告人が何も話さないんです」

「えっ？　江沢のことですか」

手に持つ小瓶が傾いた姿勢で空中に静止した。

「無罪を主張するからには理由があるはずなのに、何度接見しても心を開いてくれないんです」

それは安堂にも他人事ではなかった。公判がふたたび遅滞する恐れがある。「困りましたね。それでは弁護のしようがない。そういえば、あなたは前回の公判で、自信に満ちた態度で証人を呼ぶと言いましたが」

「はったりです」

「はったり?」すこしばかり声がうわずった。「小野崎さん、しかし、どうするんですか?検察への証人通告の期限はきょうじゃないですか」

「もちろん、通告していません。証人が見つからないんです。ほんとうは何があったのかを知る糸口も……」

「何てことだろう。被告人のせいとはいえ、このまま裁判をする意味があるのかと考えざるを得ない」

安堂は唇を堅く結んだ。司法制度が真実の追求に機能しない光景を、自分が取り仕切る法廷で目の当たりにするのかと思うと残念でならなかった。

「怒ってますか」

「感情は本件には何ら関係しません」そう答えたとき、なぜかまた、おばあさんの姿が浮かんだ。もぎ取った柿の実を竹籠に入れて、手にぶら下げている。

　脳が何の指令を出しているのか。例のごとく、あさっての方向に思念が流れようとしているかに思えた。だが安堂は抵抗はしないことにした。脱力したように江沢家の景色を思い浮かべていると、「あの柿の木……誰が面倒を見ていたのでしょうね」と口から出ていた。

　小野崎にしてみれば、急に話が変わり、きょとんとするのも無理はない。「あのう、柿の木の面倒を誰が見ていたかですか?」と確かめるように聞き返してきた。

「そうです。あの柿の木です」

　彼女は答えを持っていた。「姉の郁美さんだそうですけど」

「そうですか、お姉さんですか」

　まだ安堂の頭のなかには、おばあさんが立っていた。

「郁美さんは毎年冬になると、同じホームセンターで働く人たちに干し柿を配っていました」

「家族の調査はしたのですね」

「ええ、何か情報はないかと手当たり次第、聞き回りました」

　彼女はかたわらの大きなカバンからバインダーを取りだした。厚さが六、七センチもある。

「やはりというか、郁美さんは弟について職場でもいいことは話していません。卓郎はまともに仕事を探したことはないみたいです。たまにホームセンター近くのガソリンスタンドでバイトするぐらいだそうで、郁美さんが生活の面倒を見ていたようです」

「暴力団との関わりは？」

「直接的なものは出てきません。ただ当たり屋のほかに、つるんでいた例の組員と一緒に暴走行為をして、検挙されていたことがわかりました。県警高速隊によって一晩、留置されてますね。ここに原因があったんですよ」

「何の原因ですか」

「県警が暴力団の準構成員と見なした原因です。このときの取り調べに、組員は卓郎のことを自分の『弟分』だと供述しています。一方の江沢は『兄貴』と呼んでいたそうです。困ったものですね。暴力団情報は警察内で集約することになっていますから、このことが準構成員としてリストに載った直接の理由と考えられます」

小野崎の泥臭い調査の成果はある程度、認めなければならないと思った。決して駄目弁護士のレベルではない。

「被告人は過去に、人を傷つける事件は起こしていないんですね」

「はい、どうして市長を殴打したのか、わからない」

次に郁美の経歴を箇条書きにしたメモを、彼女から手渡された。県立Y商業高校を卒業後、建設会社に経理職として勤め、ホームセンターに転職……。

そして、死亡した日付までを目で追ったときであった。突然、額の三十センチほど先にカレンダーが現れ、過去に向かってめくれ始めた。ある曜日を確認して、安堂は言った。

「郁美さんは月曜日に亡くなったんですね」

彼女はきょとんとした。「はっ？　曜日ですか。いま調べてみます」スマホをつついたあと、「あっ、ほんとだ。月曜日です」と声をあげた。

安堂はロダンの「考える人」のように右手首を折り曲げ、顎《あご》の下にやった。「郁美さんの死亡が月曜日なら、庭先で倒れたのは日曜日ということになります。あのおばあさんが死亡の前日と言っていましたから……うん、なるほど、日曜日か」

「えっ、日曜日がどうして、うん、なるほどなんですか？」

その問いは安堂に届いていなかった。過集中が耳に蓋《ふた》をしていた。

視界のカレンダーがふっと消えた。代わりに宅調の時間に読み込んだ調書が次々にページを変え、額の先に浮かんできた。

タクシー運転手、学習塾経営者、病院の事務職員、造園業者……これら事件を目撃した人にはゴルフ場帰りという共通項があった。こんなとき、安堂の視線は上向きになる。どこを見ているのかと、彼女が後ろを振り向いた。

政治がらみという津村の情報を念頭に置くと、見えてくるものがあった。分断された情報がかみ合った。偶然では片づけられない人と人とのつながりが確かにある。

安堂は「被害者の茂原孝次郎を含め、目撃者は全員、ゴルフ場の帰りでした」と、ぼそりと言った。

「そうでしたね、私も開示証拠には目を通してます。だけど、どうしてそれが？」

安堂はその質問への返事を忘れたかのように「ガソリンスタンドもある」とつぶやいた。そして大きく目を見開くと、「小野崎さん、卓郎がガソリンスタンドでアルバイトをしていたことは確かですか」と聞いた。

「はい、そうです。バイト代の支払い明細を見てきました。所長さんに勤務態度も聞いてあります」

「それに郁美さんは県立Y商業高校を卒業している。私はそこに偶然を感じません」

「偶然ですか？」

「ええ、偶然では説明できないことが卓郎の周辺に山と積もっている」

「ガソリンスタンドだとか、高校だとかが、いったいどう関係するんですか？」

安堂はそれには何も答えなかった。ただ、ヒントを与えるつもりで少し声を強めて言った。

「まず卓郎の動機から見直してみることだと思いますよ。私はもはや、あなたが証人を探す必要はなくなったと考えています」

そう言って安堂は立ち上がり、空になった食器の隙間から伝票をつまみあげた。そのとき、はたと心配になった。思考に前のめりになるあまり、彼女に顔を近づけすぎていなかっただろうか。

9

アパートを出るとき、安堂は忘れずに底がゴムになっている靴を履いた。証人尋問が長くなることに備えてのことだ。貧乏揺すりをしてもカツカツという音が響くことはない。大部屋を出ると、ゴムの弾力を足裏に確かめながら法廷に入った。

ところが、いざ裁判官席に座ると、右手の指先が机ツンツンを求めてきた。ひそかに法服のポケットに右手を突っ込み、腿《もも》をつつきながら開廷を宣言した。

「では、検察側証人、前へ出てください」

タクシー運転手の藤山澄久は、小柄だが柔道家らしく胸板が厚かった。背筋を伸ばし、ネクタイに手をやりながら証言台へと歩み出た。その間、被告人席の江沢をちらと見ることもなかった。

安堂は藤山の良心に従って真実を述べるとの宣誓を聞いたあと、進行のカジを切った。「では検察官、質問を始めてください」

古川が立ち上がった。証人から見ると、右側から質問の声が飛んでくることになる。

「藤山さん、あなたはタクシーの乗務歴は何年になりますか？」

「八年です」

「その前は？」

「宅配の運転手でした」

「長年の乗務経験を頼もしく思います」

あいさつのようなやり取りが済むと、古川は本題に移った。

「自動販売機の陰から被告人が現れ、あなたの車にぶつかった。そのとき、どう思いましたか？」

「やってしまった、ケガがなければいいと思いました」

「ぶつかる瞬間は見えましたか？」

「いえ、はっきりとは見えませんでした。左側からボンという音が聞こえ、窓の外に倒れる人影がよぎったというか……」

「あなたは正直だ」

小野崎が挙手をした。「今のは検察官個人の感想です」

「認めます。検察官は質問をしてください」

古川から返事はなかった。かといって嫌な顔はせず淡々としていた。「被告人の動きがおかしいと思ったのは、後部座席の左側にいた茂原孝次郎さんですね」

「はい、窓を開けて、『おい、いまわざとぶつかっただろう』とおっしゃいました」

「いかにも不審なぶつかり方だった。茂原さんは左側に座っていたから、よくわかったということですね？」

「異議あり。検察官は証人に推認を求めています。茂原氏の認識を他者に聞くのですか？」

古川は弁護人席を見据え、反論した。「運転のプロの認識を聞きたいのです。車の左側とはどういう場所かと。自分の目が及ぶのか、及ばないのか。茂原さんの供述を裏付けるための証言を求めています」

「異議は却下します。証人は検察官の質問に答えるように」

藤山はうなずくと、「左側は運転手の目が十分に及ばない場所です。当たり屋が狙ってくるのは、いつも左だと運転手講習で習いました」

「プロの意見ですね。大いに参考になりました。それを踏まえ、次の茂原さんの行動を教えてください」

「ドアを開けろと指示されました」

「どうしてだと思いますか」

「被告人が転がったので、怪しくても助けようとしているのだと思いました」

「それで、あなたはドアを開けた」

「はい、後悔しています。あんなことになるとは思いませんでした」

「何があったのですか」

「この男が急に起き上がり、『お前が悪いんや』と叫んで、茂原さんに飛びかかっていきました」

　そこは調書にある通りだった。

「助けに来たかもしれない人に飛びかかった。恐ろしいことですね。そのとき、被告人の表情は見えましたか」

「はい、見ました。私も車を降りましたので」

「どうでした？」

「怒っていました」

「はて、なぜでしょう？」

「わかりません」藤山の声が急に小さくなった。

　茂原に詐欺を見破られ、頭にきて殴打に及んだというのが検察の主張であったが、運転手はそれにぴたりと沿う証言はしなかった。

　古川はおやっと首をかしげたものの、いかにも公判立ち会いの熟練者らしい切り返しをした。

「失礼しました。私はあなたから、殴打に及んだ被告人の動機を聞きたいのではありません。彼にどんな印象を持ったか、話していただきたいのです」

「粗暴な男だと思いました」そこは打ち合わせ通りなのだろう。きっぱり口にした。

　検察官は「まったくですね」と証人をねぎらうようにうなずき、質問を締めくくった。

日本の裁判は原則、欧米のように休憩をはさむことはない。決められた時間内に、窮屈なほど質疑を押し込むのが慣行となっている。安堂は検察官が着席するのを待って、ただちに弁護側へ指揮棒を振った。

「弁護人、反対尋問を始めてください」

緊張からだろうか、小野崎はどこか青ざめた顔でゆらっと立ち上がり、胸を押さえて呼吸を整えていた。数秒待っても、質問は始まらない。

安堂は「具合が悪いのですか」と聞いてみた。

「いいえ、すみません、すぐに始めます」と、彼女は手元に広げたノートに視線を落とした。次に頭を持ち上げたときは、いくぶん顔色が戻っていた。

彼女は開口一番、「私は駄目な弁護人です」と言った。

古川は目を丸くした。何が始まったんだと思ったのは彼だけではない。傍聴人席もざわざわした。

おかしな空気が流れるなか、彼女の声量があがった。「なぜ私が駄目かというと、有力な証人を検察側にとられたことです。藤山さん、あなたは本来、私たちに協力すべきではなかったのですか」

証人はどう答えていいかわからないようすで、すこしおろおろした。「弁護側の証人になれということですか」と不安げに聞き返した。

「そうです。あなたほど、起訴事実の誤りを知る人はいません」

「異議あり」古川が挙手をした。「弁護人は自分の意見を述べています」

「認めます。弁護人、意見表明は慎むように」

小野崎は法壇の安堂を見上げ、素直にうなずいた。だが、反省を示したのではなく、ここからが勝負だという顔をしていた。

「では、おうかがいします。本件の目撃者は藤山さん以外に三人います。学習塾経営者、病院の事務職員、造園業者です。あなたとは何がちがいますか」

藤山の顔が曇った。しばし考え、ためらいつつ「私以外は、市長とゴルフをした人たちです」と、やや力ない声で明かした。

「そうですね。彼らの調書には書かれていませんでしたが、藤山さん、よく正直に話してくださいました」

証人の額から汗がつたうのを見て、古川が異議を申し立てた。「目撃者が事件前に何をしていたかは、本件と何ら関係がありません」

「そうでしょうか？」と、小野崎は検察官に向かってあごを突き出した。「私が調べたところ、ゴルフをしていた人たちはもっといます」彼女はそう言うと、弁護人席に置いたファイルから、Ａ４に引き伸ばした一枚の写真を取りだした。

「異議を却下します。弁護人は質問を続けてください」

彼女は、証人はもちろんのこと裁判官、検察官に見えるようにゆっくりと体を回した。それは犯行現場の十数人の人だかりを写していた。「現場に駆けつけた警察が撮影したものです。ここに藤山さんの車以外のタクシーも写っています。あなたが勤めるタクシー会社は、配車を頼まれていたんですね」

藤山はこくりとうなずいた。「はい、その通りです。私を含めて十台ほどがゴルフ場で待機していました」

「依頼主を教えてください」

運転手は渋い表情を浮かべ、「啓明会《けいめいかい》病院です」と答えた。

それを待ち構えていたかのように、小野崎があとを引き取った。「そこは検察が目撃者としたうちの一人が勤める病院ですね。さらに私がこの写真に写る人たちを調べたところ、警察に証言をした学習塾経営者と造園業者のほか、啓明会病院から仕事を得る給食会社の経営者、清涼飲料水の自販機会社の社長……こういう人たちがいました」

「何が言いたいんだ」古川が割り込んできたが、彼女は無視するように質問を続けた。

「あなた以外の目撃者は、この街で一番大きな病院と経済的な関わりを持つ人たちばかりです。この県では副知事による国会議員の後援会への勧誘が問題になったばかりですが、啓明会病院でも似たことをしていたのではないのですか。つまり、出入り業者をゴルフ大会を名目に呼び、後援会活動をしていた」

藤山は何も答えなかったが、顔から血の気が引いていた。

古川が「ちょっと待ってください」と声をあげた。「確かに学習塾経営者も目撃者の一人だが、はたして病院の出入り業者なのか」

「彼は病院の理事です。さらに茂原後援会の副会長をしています」

検察官はやられたという顔で、腕組みをして座った。そのようすをちらっと見て、小野崎は大胆に質問を変えた。「あなたは茂原氏を暴力から救いました。どんなお気持ちでしたか」

「そうですね、とっさの行動でした。驚きと……」彼はそこで言葉を詰まらせた。

「驚きと、そして何でしょう」

「この野郎と思いました。何てことするんやと」

「さらにもう一つ、お気持ちを聞かせていただきたい。警察署長から感謝状を受け取ったとき、どんな心境でしたか?」

被告人席で、江沢が落ち着きをなくした。証人の顔をのぞきこもうとしたかと思うと、下を向き、うつろに視線をさまよわせた。

証人はすぐに答えなかった。

「どうしましたか、答えたくないんですか?」彼女がせき立てると、古川が挙手をした。「犯行に無関係な質問です」

「いいえ、深くかかわるところです。証人の困惑がそれを物語っています」

「異議を却下します。証人は質問に答えてください」

藤山は天を仰いで一回首を横に振ると、腰を折って深々と頭を下げた。その姿勢のまま、

「すみません。誠にすみません」と謝罪の言葉を重ねた。

法廷のすべての目と耳が彼に集まった。

「私は感謝状などもらって、自分を許せんと思いました」

江沢ががまんし切れない体《てい》で声をあげた。「ああ、もう！　藤山さん、話さんでいいから」

「おい、何だあ？　きみたち知り合いなのか」

古川の素っ頓狂な声が法廷の壁にはね返った。


廷内にどよめきが広がった。実質的な選挙運動だとすれば、市長のスキャンダルである。安堂は傍聴席に向かって「静粛に。私語はやめてください」と呼びかけた。

記者のなかには会社に一報を入れようとしたのか、不用意に廷内で使用禁止の携帯電話を取り出す者もいた。安堂は注意を告げながら、廷内の空気とは対照的に自分を冷静にジャッジしていた。誰よりも落ち着き払っている自分がふしぎでならなかった。

小野崎の声に引き戻された。

「裁判官、質問を続けてよろしいでしょうか」

「どうぞ」最も短い言葉で許可を与えた。

「被告人の姉、江沢郁美さんとの関係を教えてください」

証人はすでに心づもりをしていたらしく、うなずくと、きっぱりした口調で返した。

「高校の同級生でした」

ようやく、見えていなかった人のつながりが輪郭を現した。

彼は続けた。「郁美さんとは『関係』といわれるほど親しい間柄ではありません。高校時代、顔は知ってましたが、話をしたこともありません。だけども、干し柿をもらったんです」

「干し柿？」弁護人の語尾が上がった。初めて耳にしたことなのだろう。

「ある日、タクシー会社に郁美さんが訪ねてきました。『弟がガソリンスタンドでバイトしよるから、よろしく』と言われ、ひと連なりの干し柿をもろうたんです。甘くて、うちの子供たちも喜んで食べていました」

このあと藤山は、ガソリンスタンドがタクシー会社の給油所に指定されていて、江沢とたびたび顔を合わせていたことを明かした。その後の証言は、彼の独り語りの様相を呈していった。

「私は駄目な運転手です。駄目どころか、失格です。そこにいる卓郎に客の秘密を漏らしました。病院の医者を乗せた運転中に会話を聞いたんです」

男性の医師二人のやり取りだったという。

きのうの急患、手術すれば助かったのにな

脳外科医を呼び出そうとしたら、事務の誰かが止めたんですって

なぜだ？　ゴルフぐらい抜けられるだろう

いや、もう麻酔医からして昼から酒くらっていたので、無理ですね。大勢を休ませたから、あんなことになったんですよ

「去年のことです。啓明会病院のゴルフがどんなもんかは、ゴルフ場にお客をピストン輸送したので知ってました。茂原さんが次の市長選に出ると発表した直後のことで、確か『壮行会』と客が話していたのを覚えています。そして医者の会話を聞いた数日後、亡くなった急患が郁美さんであることを知りました」

　小野崎が静かな口調で聞いた。「あなたは苦しんだんですね」

「はい、運転手には守秘義務があります。堅苦しいと言われても、私はずっと守ってきました。卓郎と顔を合わせても、何も言わなかった。だけど、もうこらえきれんようになって、ぶちまけたんです」

「いつのことですか」

「事件の数日前です。市長と病院がまたゴルフ大会をやるというので、会社に予約が入った。黙っとるのが嫌になりました。また日曜日にゴルフやりよるって、卓郎に教えました」

「郁美さんが病院に運ばれたのは、日曜日でしたね」

　小野崎は思わせぶりに安堂に目をやった。そのあと、詐欺の無罪主張の裏付けに進んだ。

「だから、被告人は市長を待ち伏せすることができたんですね？」

「そうです。私の責任です。まさか、あんなところから卓郎が飛び出してくるとは思いませんでした」

「つまり、車にぶつかったのは詐欺目的ではない」

「はい、車を止めるためだと思います。しかし卓郎の気持ちはわかりません。文句が言いたかったのか、最初から殴る気だったのか……。誠に申し訳ありません。警察の事情聴取のとき、事件に巻き込まれるのが怖くて、ほんとうのことが言えなかった。こうなって、自分が情けなくてたまりません」と、彼は唇をかみしめた。

江沢が黙したのは、藤山の名を出したくなかったからにほかならない。かといって、恨みのある茂原に言われるまま、詐欺犯にされるのは悔しい。その思いが、無罪を主張しながら弁護人にさえ協力しないという不可解な態度に表れたのだ。

彼は被告人席でうつむいていた。小刻みに肩が震えている。泣いているように見えた。裁判は詐欺未遂の無罪のみ、確定的になったと言っていい。

古川は途中から腕を組んで目をつぶり、証言に黙って耳を傾けていた。

安堂は右側に顔を向けた。「検察官、追加質問はありますか」

「ありません」

古川はなお目を閉じたまま、きっぱりした返事を響かせた。

10

クリスマス飾りは消え、松飾りが商店や民家の軒先に並んだ。一変したのは、目に映る街の景色ばかりではなかった。安堂は葉を散らしたイチョウ並木の道を歩きつつ、けさの朝刊を読んだ。一面に釈明に追われる茂原の写真があった。

市長の疑惑より、まず目に留まったのはサンタクロースの置きみやげのような小さな記事だった。クリスマスの夜、社会福祉協議会のポストに五百万円を入れた封筒が投函《とうかん》されていたという。「恵まれない子供たちのために使ってください」そんな手紙が一緒に入っていたと、記事は告げていた。

藤山の証言以降、大病院で発覚した後援会勧誘疑惑は市政全体へとステージをあげていた。副市長当時、幹部職員に自身の後援会への入会申込書を配らせていたことも明らかになったという。県の副知事とほぼ同じ構図が露見したのである。

安堂は古川の顔を思い浮かべた。捜査機関は忙しくなるにちがいない。公選法違反事件に発展するとすれば、茂原は副知事以上に悪質だ。副知事は自分の選挙のために、公務員の地位を利用したわけではない。

多くの官公庁や企業に同じく、裁判所も仕事納めを翌日に控え多くの職員が残務整理に追われていた。安堂は法廷も調停もない代わり、来年に持ち越す訴訟資料の確認作業に念を入れた。宅調ではできないことだ。半年もいれば、かなりの量の資料がたまる。２ＤＫのアパートに、ロッカーごと運び込むわけにはいかない。

　机上の書類がカサを増してくると、パソコンの脇に置いた新聞が邪魔になった。片づけようとしたとき、朝は気づかなかった記事が目に留まった。市長の問題を受けて、銀行団が土地開発公社の債務圧縮協議を打ち切ったという。

　急ぎ確かめねばならないことが出てきた。新聞を手に階段を駆け上がり、四階の執行官室のドアを開けた。津村は来客用のソファに座り、お茶をすすっていた。安堂に気づくと、「おや、珍しい」と言って向かいの席に座るよう促した。

「ここでけっこうです」と即座に断った。「長居する気はありません。あなたが私に近づいた目的は最初から、これだったのですか」そう言って新聞を彼の手に渡した。

　津村は記事を見もしなかった。「あなたは優秀だ。察しがいい」

「私の裁判を利用したんですね」

「ええ、絶好のタイミングだと思いましたよ」と、ぬけぬけと言った。「開発に失敗したから、借金を負けろなんて民間の取引ではありえない。ひどい話だと思いませんか」

「銀行はあなたの利害関係者だ」

「そうです。借金取りには大事なお客さんですよ。その人たちがあの市長に手を焼いていた。

昔はのどかな田んぼだった地区を、市の開発部長という立場で何の役にも立たん土地にした張本人ですからね」

「追い払うのに裁判を利用したわけだ」

「あのまま公社が所有していても、あの土地にいいことはない。いったん銀行が押さえて民間に開発を委《ゆだ》ねるのがいいでしょう」

「私はあなたを誤解していました。てっきり、かわいそうな姉弟のいる家から取り立てをしたのを覚えていて、その贖罪《しょくざい》だと思っていました」

津村はフフンと鼻で笑った。「贖罪と言われると、何か私が罪を犯したみたいじゃないですか。ゲーム機やら自転車やら、子供の物まで取りあげて、私が心を痛めたというわけですか。バカな」

もう何も聞きたくなくなった。安堂は黙り込み、怒るべきことかどうか自分の思考に聞いた。すると、怒りの感情がふつふつと湧き出してきた。どなり声を発しないうちに、辞去しようと思った。だが背を向けたとき、「待ちなさい」と呼び止められた。

「私はもう話したくありません」

すぐさま拒否した。しかし、相手は聞く耳を持たなかった。

「箱から出たことが、そんなにショックですか？」

質問の意味がわからなかった。「箱とは、どういうことです？」

「裁判官のみなさんが閉じこもっている箱ですよ。私見にすぎないかもしれませんが、あなた方は世間というものを知らない。自分たちから遠ざけているようにさえ見える。例えば、裁判員なんて制度を始めた。司法に市民感覚を持ち込むということでしたな。裁判官は市民じゃないんですか」

安堂は返す言葉を探したが、すぐには見つからなかった。

津村はゆっくりと立ち上がった。「あなたは裁判を通して、実社会に交わったんじゃないですか。私としては今回の件を、安堂さんの財産にしてもらいたい」

立ち尽くしていると、彼はほほ笑みながら歩み寄ってきた。肩をポンと叩《たた》かれた。安堂はその感触が消えない間、なぜ悔しさが消えかけているのだろうと自分の気持ちをいぶかった。

そのとき、額の先に像が現れた。なぜかまた、柿の木の下で会ったおばあさんの顔が出てきた。ハッとして、彼女の目元の深いしわと、津村のそれを見比べた。

あっ、と心のなかで声をあげた。

ゲーム機やら自転車やら、子供の物まで取りあげて……

目元だけではない。言い回しも、おばあさんにそっくりである。

安堂は改めて彼に向き直った。「津村さん、あなたの実家はどちらですか？」

彼は急に顔から笑みを消し、肩の凝りをほぐすように首をぐるぐる回した。返事をしないばかりか、どうとも受け取りようのない表情としぐさであった。安堂はもう何も聞かないことにした。あきらめ顔を浮かべ、正体の知れない執行官に背を向けた。

　誰しも他人に知られたくないことはあるものだ。


むずむず、そわそわが、ゆったりした気分と仲むつまじく同居することがある。それは宅調の時間に安堂がしばしば思うことだが、世間的には大きな矛盾だろう。

　チュンチュンと小鳥の鳴く声がした。窓に目をやると、ベランダの手すりに一羽、灰色の羽を持つムクドリがとまっていた。群れからはぐれたのだろうか。駅前の木立に生息する群れは、冬の乾いた空気に騒音並みの鳴き声を張り上げている。

　ベランダの彼、もしくは彼女は群れにいるときより、いくぶんか細く鳴いていた。くちばしを空に向けている。仲間に気づいてほしいのか、さみしいのか。鳴く目的も感情も、確かなことはわからない。安堂は理解と共感の区別というものを、小鳥相手に試みるほど行き詰まっていた。

　江沢卓郎の裁判は年明けに結審し、判決を言い渡すのみになった。机ツンツンをしながら、判決文を書こうとしていた。主文はどんな量刑にすべきか。その最初の一行を考えるのに、すでに数時間を費やしている。

　詐欺未遂は無罪——当然、そこまでは決まっている。悩み深いのは、有期刑を免れない傷害罪をどうするかだ。

小野崎は結審の日、「執行の猶予を」と寛大な処分を求めた。江沢はというと、弁護人がどこかで調達したらしいサイズの合わない背広を着て法廷に現れた。自身の陳述が巡ってくると、覚えたてとは思えない〈ですます〉調で反省の意を示した。

「私は身勝手でした。藤山さんに迷惑をかけました。自分が嫌になりました。二度としません。茂原さんにケガをさせて、たいへん申し訳なく思っています。姉の郁美も、私がしたことは望んでいなかったと思います。暴力に訴えることはもうしません」

何回も練習したのだろう。しかし芝居には思えなかった。一言一句に響くものがあった。かといって、刑法は報復を厳格に禁じている。刑事罰を適用する代わり、個人の復讐《ふくしゅう》を許さないのは司法制度の要《かなめ》である。量刑の理由に何を書き連ねようが、そこを甘くみる判決は断じて出せない。

理解と共感は紙一重だ。苦痛にあえいだ被告人の人生を思うほど、理解というものが理解の領域をはみ出していった。あろうことか、安堂はテロまがいの復讐への共感に気づき、ゾッとして首を横に振った。

検察側の求刑は一年六月の懲役であった。反省を信じて、執行猶予をつけるか否か。茂原のケガの程度を思いつつ、一向に決められなかった。

こんなことでこの先、裁判官をやっていけるのだろうか――。

胸のうちでそう独りごちたとき、「ん？」と首をひねった。その刹那、フグを食べられずに泣いた夜に引き戻された。あのときは、社会に交わるだけで一杯いっぱいになったことが悲しかった。将来を思い悩む余裕すらなく、ぼろぼろに壊れるかと思った。

　だが、きょうはどうだろう。ちょっぴりにしても先々の心配をする自分に今、会えている。どう思えばいいのだろうか。

　結局、検察の求刑を八掛けにして一年二月とし、刑の執行を三年間猶予すると書き加えた。五分後にはまた変わるかもしれない。

　机ツンツンをやめると、そわそわがやってきた。それに身を任せていると、足が動いて机から離れた。左右の手が広がって、くるくる回っていた。

　安堂は走馬《そうま》燈《とう》のように回転する部屋の景色を受け入れながら、どうして脳がこんな指令を出すのか、つくづくわからないと思った。

恋ってどんなものかしら

1

パソコンの画面はいつまでも真っ白なままだった。安堂清春は裁判官室の自席で、ひとりぼっちのときを過ごしていた。

器物損壊事件の刑の言い渡しを数日後に控え、判決文を仕上げるのに日曜出勤したものの、訴訟記録を開いては閉じていた。何度書類に目を通しても、文章がまるで頭に入ってこないのだ。すでに二時間になる。

書記官のまとめ方や文章に問題があるわけではない。子供の頃に顕著だった注意欠如の症状が大波のようにぶりかえし、集中を乱していることを自覚していた。

「ひどいスランプだ」と独りごち、頭を抱えた。

中華料理店で暴れ、器物損壊の罪で起訴された中年男の裁判である。キレやすい性格でたびたび事件を起こしていた。料理が遅いと文句をつけ、店主が「もうすこし待ってて」と言っただけで、客にため口を利きやがってと怒りだし、しょうゆ瓶を投げつけ、店のガラス窓を割った。金銭的損害は数万円だが、検察官は過去に起訴を猶予した事件を考慮して裁判所に処罰を求めてきた。

どんな量刑にするかを悩んでいるのではない。仕事をつまずかせたのは、被告人の氏名そのものであった。

彼は〈上田《うえだ》正《ただし》〉といった。

訴訟記録の一行目を見た瞬間、氏名のなかに縦線と横線しかないことに気づいた。そんなどうでもいいことへの引っかかりは、これに終わらない。〈正〉という名を見つめていると、「一つ」と「止まる」からできていることが不思議でならなくなった。

正しいとは一度は止まってみることなのか――。そうやって脳が持ち主の意向を無視して、勝手に思考を移していくのだった。

次にはなぜか、線が一本ずつ増えていく書き順の動画が頭のなかに広がった。フルネームの完成間近になったとき、それは〈上田下〉で急にストップした。上から読むと、上田、下から読むと、下田になるのである。

さらに残り二画を加えて、〈正〉の字を完成させてみると、またもや小さな驚きに遭遇した。〈下〉〈上〉――この正反対の意味を持つ漢字が〈正〉の中に同居していることに気づいた。

さらに悩ましいのは、左側に孤独に立つ一本の線である。いったい、なんだろう。すごい存在感がある。たった一本の線が〈上田正〉という名を最後に〈止〉めているではないか……。蟻地獄にはまったように、次から次に気になることが増えていく。

そもそも安堂は国語学者ではない。人工知能サイトにアクセスして、字画の謎について質問してみようという欲求をかろうじて抑えた。

すると同時に、むずむず、そわそわがやってきた。もし席を離れたら、執務室をぐるぐる歩き回ることが目に見えている。作業に費やす時間に余裕があるわけではない。今はじっとして記録に向き合い、被告人の人生にかかわる判決の内容をしっかりと吟味しなければならない時間なのである。それなのにやらなければならないことを放り出して、どこかに走り出そうとしていた。

「だめだ、だめだ、だめだ、だめだ……」

同じ言葉をしつこいほど繰り返してみた。これも小学生の頃、発達障害の専門医である山路薫子から教わった対処法の一つである。

だが、この日は効き目がなかった。いつもより激しく貧乏揺すりをして、そわそわを逃がそうとした。書類を持つ手までが小刻みに揺れた。絶望的な気持ちになったのは、上田が中華料理店で遅いと文句をつけた料理の名を目にしたときであった。

〈上海《シャンハイ》焼きそば〉——これを「海焼きそば」の「上《じょう》」と読んでしまったのだ。うなぎやカルビ肉ではあるまいし。漢字と漢字との間に切れ目を探して読むのは、日本語を学ぶ外国人が苦労するところだとされる。脳がその不可思議な面を解明しようとしているのか、勝手に動くのである。

幼い頃に山路医師から、「それは小鳥さんの時間ね」と言われたのを思い出す。頭のなかに決して手の届かない高い木の枝が浮かんできて、そこに次々に小鳥が止まっては羽ばたいていくのだ。

授業の間に教師の声が遠ざかり、小鳥の羽ばたきばかりを想像して黒板も教科書も目に入らなくなったと話したときのことだった。山路は「そわそわが清春くんの好きな景色を見せるのかもしれないね」と言った。以来、二人の間では、やるべきことに集中できず、どうでもいいようなことに興味が次々に移る状態を「小鳥さんの時間」と呼ぶようになった。

安堂はデスクで一人うなだれつつ、過去を振り返ってみた。漢字やその構造が好きだと思った覚えはない。なぜ脳がそっち方面ばかりに気を向けるのか。注意散漫になって興味が移りゆき、やるべきことに集中できない状態にちがいはないが、やや複雑な自己分析をしていた。

そわそわと思考は移っても、字画というテーマは動かない。頭のなかにどっかりと鎮座したままだ。その正体は〈こだわり〉ではないか。何かへの強い執着は自閉スペクトラム症が起こすもので、つまり、その特性と注意欠如が混合した状態だ。

判決文を書くのに十分に時間があるわけではない。自らの意思で思考を操れないことにいらだちが増した。もう嫌だと叫びそうになったとき、卓上の電話がプルプルと鳴った。

なぜか、その電子音が温かい救いのように思えた。受話器に手を伸ばした。その感触がそわそわをすーっと消していく。

「安堂です」確かめるように自分の返答に耳を澄ますと、まるで他人の声のように落ち着いて聞こえた。

「おう、おれだ」

総括判事の門倉の声と瞬時にわかった。同時に、日曜日に出勤したことを後悔した。駐車場をはさんで隣り合う官舎から、裁判官室の電気がついているのが見えるのだ。

「なあ、安堂くん、裁判所にいるんだろ。頼みたいことがあるんだ」

ほら来たと思った。すぐに何の依頼かを察した。おととい、殺人事件が起き、数学教師の夫を殴り殺した容疑で、音楽教師をしている妻が逮捕されていた。ふたりとも現役の高校教諭だという。妻が自宅でピアノの上のメトロノームをつかみ、夫の頭を強打したという事件だ。その日は安堂が逮捕状を発付したため、概要は承知していた。

「いえ、お断りします」

「そう、硬いこと言うなよ」

「硬いとか、柔いとかの問題でしょうか。きょうの休日当番は門倉さんですから」

「わかってるよ。だから、頼んでるんだろう」

東京地裁に勤務した当時は、門倉のような上司は会おうとしてもいなかった。これから出世が望めるかどうかで、こうも人間は異なるのかと思わざるを得ない。

「勾留《こうりゅう》質問なんて、五分で終わるはずだよ」

「それはそうかもしれませんが……」

勾留質問では、裁判官が被疑者へじかに質問を行う。検察官が裁判所に十日ずつ最大二十日の留置を求める際に行われる手続きである。報道もほとんどされないため、世間ではあまり知られていない。

門倉はあきらめてくれなかった。「被疑者のえーと、なんて名前だったっけ？」

「宗春美《そうはるみ》さんです」

一枚紙の令状の映像記憶がたちまち脳裏に浮かび、そこから氏名を探すのは難しい作業ではなかった。そのとき突如、脳があらぬ方向に走り出した。この被疑者の名は見えない一本の縦線を中央に引けば、見事な線対称になるではないかと。

「そうそう、宗春美……さっき警察から聞いたところでは、すんなり犯行を認めているというし、われわれ裁判所の者が聞くことはそれほどないんじゃないか」

門倉の言葉は安堂にはよく聞こえていなかった。脳の指令に抵抗し、なぜ線対称なのかを考えないでいることに精いっぱいになっていたからだ。気づいたときには、「わかりました」と依頼を受けていた。

2

長い梅雨が明け、ぐずつく天気にようやくさよならしたかと思えば、今度は記録的な猛暑が訪れた。Ｙ市の上空には何日もぎらつく太陽が居座り、盆地の人々を汗だくにしていた。気象台が午後に記録した県内の最高気温は三十八・六度に達した。テレビのローカルニュースが、海水浴場からの中継映像とともに告げていた。

官公庁のクールビズは裁判所にも及んでいる。冷房の温度を高めに設定する代わり、裁判官も例外とはせず、ネクタイはしなくていいことになっている。

だが、安堂はきつくネクタイを締めていた。一度体になじんだ衣服の感触を、暑いからといって放棄することはためらわれた。慣れないことが苦手で、そわそわを連れてくる原因になりかねないからだ。

洗面所の鏡の前でタイが歪《ゆが》んでいないことを確かめ、一階に下りた。令状課の向かいに待合所があり、宗春美が長いすに一人座っていた。

彼女は音楽教師だという。数学教師の夫を殴り殺したとされる事件は、新聞各紙や地元放送局が小さくはない労力で報じていた。

冷房の風がこたえるのか、夏服のワンピースの上にカーディガンを羽織り、細い肩をすぼめている。真冬に見る人のように色が白く、ほおがこけ、がりがりにやせている。検事の古川と事務官、留置先の署から帯同してきた制服警官らは外の廊下にいた。

Y地裁に赴任して一年の間、法廷で何度か顔を合わせた古川にあいさつしようとしたときだった。女性のハミングが耳に忍び込んできた。音楽にうとい安堂でも、クラシックの何かのメロディーであることはわかった。

古川は少しためらったあと、彼女のもとに歩んでいき、「奥さん、場所をわきまえてください」と言った。事件の主任検事が被疑者を何と呼んでいるかがおのずとわかった。

警官が両脇を支えるようにして、令状課の裁判官室に彼女を連れて入った。安堂があとに続こうとしたところ、ドアの手前で古川に呼び止められた。

「門倉さん、あなたと交代するなんて、よほど具合が悪いのですか？」

安堂はきょとんとした。「私は何も聞いていませんが」

「なに、二日酔いですよ。なんでも門倉判事は、店の営業時間なんて気にしないで飲むタイプらしいですな」と、古川はグラスを口に運ぶまねをした。

なぜ彼が知っているのか聞くことはしなかったが、法曹関係者が安心して出入りできる飲食店は限られている。行きつけの店が同じで、店主から愚痴を聞かされたのかもしれない。

裁判官用の机に着くと、被疑者用の椅子に座る彼女に向かい合った。ここからは、検察官が作成した書証に向き合う時間である。逮捕の翌日に警察官が取った供述調書に、殺人と断定する法医の初期的な鑑定書と現場の実況見分調書が添えられていた。

　被害者の名は、宗繁之《しげゆき》といった。書類のなかにその文字面を改めて見たとき、線対称ではなかったことにいささかホッとした。

　凶器とされたメトロノームの写真もあった。三角錐《すい》の振り子式で、重さの記録はなかったものの、鈍器としていかにも頭蓋《ずがい》骨を陥没させる重量のありそうなものだった。

　電話で門倉が言っていた通り、彼女が自白したことに疑いはない。その他の証拠を見ても、供述と矛盾することはないように思えた。安堂は一息ついて、決まり通りの質問にとりかかることにした。

「あなたは宗春美さんに間違いありませんか」

「はい、間違いありません」

　そのとき、安堂は首をかしげた。彼女はふと顔をあげ、目をぱちりと開き、古い友達に偶然再会したかのように明るい顔つきで、ほほ笑みかけてきたからだ。それでいて安堂は、過去にどこかで見た笑みのような気がした。変な懐かしさも伴っていた。

　うつろだったり、動揺していたり、逮捕されたばかりの被疑者に心の浮き沈みを感じたことはこれまでもあったが、ほほ笑まれたのは初めてだった。

「逮捕後、医師の診断は受けましたか」これも欠かせない勾留質問の要素で、警察医が本人に何を告げたかを聞いたのだ。

「はい、やさしい先生に診察していただきました。私ったら、もう四十一歳なんですよ。それでも、血圧も、脈拍も、二十代並みと言われたんです」と、彼女は声を弾ませた。目がいっそう笑った。

ただちに薬物使用を疑った。古川に顔を向けたところ、質問の前に回答が告げられた。「血液、尿とも何も出ていません」

「……そうですか」

安堂は彼女に向き直った。「念のためにお聞きしますが、いま薬物で正常な判断をしていないという自覚があなたにありますか」

「薬物というと？」

「覚醒《かくせい》剤や大麻の使用です」

「まさか、私は教師ですよ」そう言って、彼女は裁判官の目をじっとのぞき込んできた。

精神状態が正常ではないのではないか。その疑いをありありと感じたものの、被疑者が罪を逃れようと錯乱を装うこともありうる。刑事手続きの上で、今それに踏み込むのは早い。捜査に任せればいいことである。これ以上聞きただすことはやめて、古川が携えてきた供述調書に質問を移すことにした。

もっとも重要な点から始めた。

「あなたが繁之さんを殺害したのですか」

「はい、私が殺しました」まったく迷いの感じられない返答であった。

「この供述はあなたが自主的に行ったものですか？」

「はい、何度も読んで、間違いがないか確かめたうえでサインしました」

「凶器はメトロノームということですが、あなたがそれでご主人を殴ったのですね」

「はい、頭を思い切り殴ってやりました」

「メトロノームはあなたの所有物ですか」

「ええ、もちろん。ヨーロッパ製のもので、重しに銅が使ってあるんですって」

　また、ほほ笑んだ。安堂はそのとき、宗が執拗《しつよう》なまでに視線を外さず、自分の顔をのぞき込んでいることに気づいた。

「なぜ、暴力に訴えたのですか」

「日頃のうっぷんです」

「確かに調書にそうありますね」

「ええ、ほんと、ひどい主人なんですよ。刑事さんにはどんなにひどいか、いろいろ話したんですけど、まだ詳しく書いてなくていいとおっしゃったものですから」と、不満そうに口にした。

　取り調べは始まったばかりだ。この段階で裁判官に示す調査は簡便でよい。裏付けが十分に済んでいない事柄を書くのは、むしろ捜査の常道に反している。安堂は身柄の拘束を妨げる問題はなく、事件の解明にあたって留置の必要性のみを感じた。

「よろしいと思います」古川に向かってうなずき、勾留状にサインした。だが、そのときだった。突如、自分の額の先に立体映像が出現したのである。

それは水色の花瓶であった。つやつやとした表面の長細い瓶に、紫のアヤメが一輪挿してある。いったい、何だろう……？

周囲が見るかぎり、安堂は何もない宙に目を凝らし、ただ固まっていた。

3

上田正への判決文を何とか書きあげたあと、安堂は街に出た。疲れたうえ、空腹だった。喫茶パロマに足を踏みいれたとき、次の心配事が目の前に現れた。弁護士の小野崎乃亜が奥のボックス席から手を振っている。まるで、待ち合わせでもしていたかのように。

安堂は作り笑いを得意にしていない。対人交渉にはエネルギーを使う。迷惑だと思う気持ちが能面のような無表情ににじみ出ていた。彼女の席には行かず、一つ手前の席に腰掛けた。

それでも小野崎はかまうものかという勢いで席を移ってきた。

「お待ちしていました」

「約束をした覚えはありません」

つっけんどんに返したにもかかわらず、彼女は笑顔になった。

「この前は返事もせず、無視されたのでコーヒーだけ飲んで帰りました」

「そんなことありましたっけ」

「わざとじゃないんですか。この店で安堂さんが本を読んでいたときのことです」

「ああ、そういえば……」

過集中にちがいないと思った。きっと、ベンジャミン・フランクリンの伝記を読んでいたときのことだ。アメリカの独立宣言の起草にかかわるなど、建国に寄与したフランクリンは貧困家庭に育ち、若い頃は市井の印刷工だった。あるとき「貧しいリチャードの暦」と名付けたカレンダーを発行し、これが売れに売れて事業を拡大した。

カレンダーにシンパシーを感じたのはもちろんとして、この暦には勤勉や節約、誠実といった美徳をすすめる諺《ことわざ》が書かれている。安堂はそのなかの「空っぽの袋はまっすぐに立ちにくい」という名言を気に入った。さらには雷が電気であることを発見したり、郵便局長を引き受けたり、外交官として活躍したり……。興味がどこかに飛んで行くことがなく、フランクリンの奇想天外な人生に没頭する時間を過ごした。

そんな説明をするわけにもいかないので、安堂は謝ることにした。「無視するようなことがあって、失礼なことをしました」

「ほんとにそう思ってますか」彼女は気にしていないようすでほほ笑んだが、安堂の胸の内には切なさがよぎっていた。

故意に無視をしたわけではない。誤解され、事情をわかってもらえず、ただ謝る。社会に交じわるために、そんなことばかり繰り返してきた。

小野崎は言った。「きょうは用事があって来ました」

「仕事の用事なら、ここでは聞けません」

「宗さんの事件を受任しました」

「そうですか、あなたが弁護人ですか」

「はい」

「でしたら、なおさら話はできません。あなたは利害関係人です」

「だからこそ、ここにいるんです」

「どういうことですか？」

「勾留質問のとき、固まったそうですね」

ドキッとした。彼女はその顔をまじまじと見ている。

「古川さんから聞いたのですね」

「はい、さっき選任届を出しに行ったのですが、変な裁判官だって言って笑っていました」

「なるほど、変な裁判官ですか。だけど、固まったのは何かに気づいたからではありません」

嘘ではなかった。花瓶とアヤメが何のことだか、自分でもわからないのだ。

「私は前の江沢卓郎の事件のとき、安堂さんが宙に視線をさまよわせて、固まるところを目の当たりにしました」

「確かにそういうこともありましたね」

「おまちどおさまです！」

アルバイトの女の子がパスタを運んできた。偏食に依然改善の気配はない。パロマでは一年以上も同じものを頼み続けているせいで、この頃では「いつものを」というやり取りさえなくなった。何も言わなくてもナポリタンが出てくるようになっている。

それを黙々と口に運んでいる間、小野崎は話し続けた。今回、彼女の弁護人としての立場は私選だという。


宗夫婦は市内の同じ私立高校に勤務していた。小野崎が学校の法律顧問を務めていることが縁で、声をかけられたそうだ。風評を懸念する学校としては、弁護人ときっちりつながっておきたい……それが彼女の解釈だった。

「どこか、おかしくないですか」と、安堂はナプキンで唇の赤い着色をぬぐい落としながら聞いた。

「私も打診がきたとき、ちょっと困惑しました。懲戒免職もしくは辞任してほしいなら、学校とは利害が対立することになります。だから最初は受けられないと言ったんです。ところが、校長が個人として弁護費用を出すと言うんです」

「あまり聞かないケースですね」

「何でも校長は夫婦とプライベートで付き合いがあるうえ、二人の教え子でもあるそうなんです」

「というと、若い校長先生なんですか」

「ええ、佐《さ》高京介《たかきょうすけ》さんと言って、まだ三十代の前半です。学校法人の理事長も兼ねています。言い方は悪いけど、要するに親から私学の経営を引き継いだボンボンというわけです」

学校名は「橙園学院」といった。県花である「夏みかんの花」にちなんだという。

「だいだいのその、と書いて、とうぞの、と読みます」

「きれいな名前ですね」

小野崎は入学案内をカバンから取りだした。それには、大正デモクラシーの時代に女子教育を目的に設立されたと書かれていた。古い私学である。戦後しばらくたって男女共学になったが、普通科のほかに音楽科を備えるのは女子教育の名残と思われた。

「もちろん春美さんは音楽科の所属で、専攻は声楽だそうです」

安堂は勾留質問の前に聞いた彼女の柔らかなハミングを思い出した。

「じつは私の母の出身校でもあります。母はそこから東京の音大に進みました。毎年寄付をしていて……つまり顧問にしてもらえたのは私の実力ではなく、親の関係です」と、小野崎は恥ずかしそうに明かした。

彼女は弁護士となって二年間は東京の大手法律事務所にいた。仕事についていけず、自信の喪失から欠勤がちになり、そこを辞めて父母の出身地であるＹ市に個人事務所を開いたのだと打ち明けられたことがある。父親は駐米大使を務め、地元の政財界で知らない者はない。

「そうですか、お母さんは音楽に囲まれて育ったんですね」

「母の専攻はピアノでした。プロになるのは大学であきらめたそうなんですが、私もやらされました。でも才能がなくて中途半端にやめています。だけど今でも、法律よりピアノのほうが好きかもしれません」

彼女はほんの数秒、過去を振り返る沈黙の時間をすごしたあと、思い出したように今に話を戻した。

「校長の佐高さんも、この学校の出身者なんですよ。被害者の繁之さんは三学年時の担任という関係です」

「まあ、どんな経緯にしろ、彼女自身が小野崎さんを選任した形になっていれば、刑訴法上の問題はないと思います」

「それを聞いて安心しました。だけど、この事件はどうなるのでしょう？　古川さんは手堅いと思っているようだけど、私には何か引っかかるんです」

まだ取り調べは始まったばかりだ。せっかちな弁護人だと思いつつも、興味をひかれた。

「どんな点が疑問ですか」

「さきほど接見してきました。彼女の表情や口調にまるで罪悪感を感じないんです。おまけに面会室のガラスが歪んでいるせいかもしれないけど、何と言うか、ほほ笑みを浮かべたような顔つきで話すんです」

「そうですか、じつは私の尋問のときもそうでした」

「やっぱり……何かおかしいですよね。心を病んでいるとか。でも、ご本人に聞いてみたんです。精神疾患で医者にかかったことはないと、きっぱり話してました」

「反社会性パーソナリティ障害は疑う必要があるかもしれませんね」

「良心の呵責《かしやく》を感じないパーソナリティ障害で説明できるというわけですか。犯行から、あのほほ笑みを含めて……」

「ですが、そう単純じゃない例もありますよ」

「パーソナリティ障害じゃないということですか」

「ええ、一時的に自己認識というものが著しく狭くなる心理状態です。重罪犯には時おり、興奮状態で自分が何をしたかを話す人がいます。被疑者が夫とどれほど悪い関係だったかはまだわかりませんが、脳内に染み出すアドレナリンが関係します。長年憎んで殺したかった相手をついに殺したという満足感に浸って、それがほほ笑みとなって表情に表れる」

「へーっ、安堂さんは犯罪心理学に詳しいんですね。将来は刑事専門になりたいとか」

「いえ、私にはそんな目標はありません」苦笑いしてごまかした。

ほんとうのところは、人の表情や態度について学習しようとして精神医学の本で触れた知識であった。

「もう犯行から二日たってますけど、もしかして興奮した状態が続いているのでしょうか」

「さあ、それは個人差があると思います。ふと冷静になったとき、自分が何をしたかわかって、悔悟の情が出てくる場合もあるのではないでしょうか」

「そういえば、これも古川さんから聞いたのですけど、彼女、裁判所の待合所で鼻歌を歌っていたそうですね」

「ええ、私も耳にしました。音楽の先生らしく、美しいクラシックの何かの曲に聞こえましたよ」

「モーツァルトの歌劇『フィガロの結婚』のなかの有名な歌のようですよ。古川さんはああ見えて、オペラの愛好家なんだそうです。まあ、それは余談として、えーっとえーっと、何て歌だったかなぁ」

小野崎はスマホを取りだして検索すると、「そうそう、これこれ」と言った。

「恋ってどんなものかしら」

そんなタイトルであった。

「ちょっと聴いてみます？」

彼女が画面をタップすると、男装した女性のオペラ歌手が現れ、柔らかな歌声が聞こえてきた。イタリア語だという。

どんな詞なのか。自分のスマホで和訳を調べてみたところ、思春期の青年の乱れ動く恋心が歌われていた。

ぼくには初めてなのでわからないのです
いまは欲望を感じています
あるときは喜びだけど
あるときは苦しみになる
冷たく感じたかと思えば
すぐに熱く燃えあがる
ぼくは幸せというものを探しています
けれど誰がそれを持っているかわからない
それが何なのかもわからない

安堂はこの詞になぜか強く惹《ひ》かれた。メロディーとともに脳の記憶倉庫に保管しておくことにした。

4

日本の裁判員制度が米国とちがうところは、有罪無罪の判断に加え、量刑にも携わるところだ。したがって、宗春美のように罪を認めているケースであっても、裁判員を招集する必要がある。

ちなみに米国の刑事裁判の場合、被告人が罪を認めれば裁判所が指揮する司法取引によって、検察、弁護側の話し合いで刑期が決まる。州によって運用が異なる面はあるものの、争いがある場合のみ陪審員が召喚されている。

「だれがこんな裁判員なんぞ考えたんだ」

門倉がぼやくと、落合がまた始まったかという顔をした。安堂と同じ机の島に座る任官三年目の判事補だ。宗の裁判に備え、書記官と打ち合わせをして裁判員候補に案内状を送る責任者をしている。制度をバカバカしいなどと、その仕事を任せた上司が言えば、やる気にかかわるにちがいない。

「安堂くん、きみは文句はないのか」

そう聞かれて、いつも思っていることを口にした。「市民の目が、この狭い裁判所のなかに注がれ、判決にかかわるのはどう考えても、いいことにしか思えません」

「そこは、おれもそう思う。裁判官のなかには、思い込みが強くて人の意見を聞かないやつがたまにいるからな」

安堂は今まさに、そうした風評の人物が目の前にいると思ったものの、口にはしなかった。

門倉のぼやきは続いた。

「だけど、いくら地裁でがんばっても、控訴審では結局、官である判事がすべてを決めているじゃないか。地裁で取り込んだ民の意見というものが、相も変わらず官の下に置かれている」

高裁には裁判員は呼ばれないのだ。ただし、高裁は一審判断を十分に尊重しなければならないことになっている。

かつて裁判員裁判が無罪判決を出した覚醒剤密輸事件で、二審がそれを破棄し、逆転有罪を言い渡したことがあった。しかし、上告審で最高裁は「高裁は一審と同じ立場で審理するのではなく、事後的な審査に徹するべきだ。明らかな不合理がある場合にのみ破棄できる」とし、無罪判決を確定させた。プロの判事に対し、裁判員の判断に重きを置くようクギを刺したのである。

それまで黙っていた落合がぽつりと言った。「この頃、とんでもない判決は出なくなりましたよね」

「おう、そうだな。過去には連続殺人犯を無罪にして、被害者を増やした判事もいる」

「そうですね。裁判官が真相を見抜けず、誤って無罪を出す場合は二つあると思います。自由心証主義の代償で、独断により証拠評価そのものを間違う。もう一つは、検察側の立証不足です」

安堂がそれに補足した。「私は検察の証拠に疑問を感じたとき、まず自分がおかしいのではと恐れを抱いてしまいます。どんな刑法犯にしろ、もし無罪を出して再犯が発生すれば裁判官のせいですから。傾かないようにするのが大変です」

「だな。検察びいきのほうが自分の身を守ろうと思えば、安全だ。ガハハ……」

その笑いは、自分はそうでないから出世できなかったのだと暗に言っている。

なぜか、いつも仏頂面でいる落合がほほ笑んだ。もしかしたら、彼は門倉のことを嫌いではないのかもしれない。

「だけどよ、あの宗春美とかいう音楽教師、校長とできてたって言うじゃないか」

ドキッとした。落合もきょとんとしていた。殺害の動機は起訴を前に、古川らが詳細を詰めている最中のはずだ。

「どこでそれを？」

「ＳＮＳで情報が飛びまわってるそうだ」門倉はスマホを胸ポケットから取りだし、「ほれっ」と言って書き込みを見せた。「もしほんとうなら、痴情のもつれってやつだ。学校は保護者の対応でてんてこまいだろう。聞いてない？」

「ええ、まったく知りませんでした」と、安堂は門倉のスマホをのぞきこんだ。生徒を中心に書き込みが広がったらしく、「ショックのうえにショック！」「いやらしい。そんなことかと思ってた」といった感想が、おびただしく連なっていた。だが事態はもっと先に進んでいた。

門倉が事情通気取りで言った。

「検察上層部からの情報だが……」

飲み友達の検事正だろうか。

「あのお嬢さん弁護士が『検察リーク』だとか言って、地検に怒鳴り込んできたそうだ。まあ、騒々しいこった」

それから時を置かず、安堂の携帯に着信があった。くだんの弁護士だ。


あろうことか、小野崎から来るように言われた場所は宗夫婦の住まいであった。殺人現場でもある。呼び出されたからといって、そんな場所にのこのこ向かう裁判官は自分くらいのものだろうと思った。突拍子もない申し出に驚き、まごまごしているうち、「安堂さん、約束しましたよ」と一方的に電話を切られてしまったのだった。

裁判所前でタクシーを拾い、夕闇が包もうとする街路を抜けて郊外の住宅街を進んでいた。運転手に番地を告げたところ、ナビが映し出す地図を見て「あれっ、殺人のあった家じゃないですか」と言われた。ハンドルを握る彼は見たところ、三十代半ばというところか。自分と同じ世代だ。

そのときふと、運転手の目がルームミラーに映り、奇異な視線を向けていることに気づいた。脳が勝手に指令を出していたらしく、両手をふわふわと上下させていたのだ。慌てて二つの手の指先を、シートの背もたれと座面の隙間に差し入れた。圧迫刺激によって指令を断ち切るためであった。

「へんなところを見せてすみません」そう運転手に声をかけると、「お客さん、楽団の指揮者さんでしょ?」と聞かれた。

ほどほど落ち着きを取り戻すと、しばし自分の感情と向き合う時間になった。どんなことがあろうと、あまり腹を立てない自分がふしぎだった。

公判を担当するであろう裁判官を、事件の現場に呼び出すとは何事だろう。その場でカッとして、「ふざけるな」と言えなかったことが悔やまれ、同時に情けなくもあった。

なぜ、そうなるのか。山路医師の分析では、少年期に感情の成長が人よりゆるやかだったからではないかという。

「清春くんはわりと早くに発達障害を自覚したでしょ? だから、脳の働きと向き合う時間に力をさいてしまって、感情を成長させる余力がなかったんじゃないかな」

そう言われて、納得した。三十代の半ばになっても、これは怒っていいことだと頭で理解しないと、感情が寄せてこない感覚がある。いつも感情が考えのあとについてくるのだ。喜ぶこと、悲しいこと、それもまるで同じ。子供時代には、いじめられたりバカにされたりしても、すぐには悲しくなれず、逆にへらへらと笑ってしまったほろ苦い思い出もある。

そのとき安堂は、はたと気づいた。「恋ってどんなものかしら」に惹かれた理由である。歌詞にあるように感情がめくるめくばかりに形を変え、しかも激しい波となって胸に訪れることが自分にはないのだ。かつて「情動」という言葉を辞書で調べたことがある。〈急激な感情の動き〉と、そこに書かれていた。

タイミングを逃すと、喜怒哀楽を表すのは難しいもので、じつは今も小野崎に対してあまり怒ってはいない。あきれる気持ちはあるものの、顔を見たら、せめて怒ったふりぐらいしようと思いつつ、あえて不機嫌な表情を作ってタクシーを降りた。

だが地に足をつけた瞬間、すべての準備が吹き飛んだ。彼女の隣に検察官の古川が立っていたのである。

「あなたたち、大げんかしたんじゃないんですか」

「それがそうでもないんだよ」ベテラン検事は頭をかきながら、「まあ、入ってくれ」と、あたかも家のあるじのようにドアを開け、屋内へと導いた。

5

被告人や被害者の人生について、裁判官は訴訟資料が提出されてようやく知るものだ。書類に埋もれてばかりで、犯罪現場を訪問する機会などほとんどない。安堂は強く興味をかきたてられる自分を意識した。

玄関から入ると、広いリビングがあり、グランドピアノと八人ほど座れそうな大型のソファが場所をとっていた。窓越しに庭先を見ると、サンルーフもついていて、バーベキューのセットのそばに丸いテーブルが二つ並んでいた。社交的な夫婦なのか、ホームパーティーの趣味がうかがえた。

何も踏まないようフローリングの床を気遣っていると、古川が言った。「鑑識は終わっているから、何を触っても大丈夫だ。安心しな。警察にもおれが来ると伝えてあるから、現場の保全が問題になることもない」

きょろきょろと部屋を見回しているうちに、古川と小野崎は示し合わせたようにソファの片方の側に腰掛けていた。安堂は二人と交互に目を合わせたあと、正面の席に座った。

古川が口を開いた。「まず説明しておくと、凶器の鈍器、メトロノームはそのピアノの上に置いてあった。そして夜になって、口論になり、春美はカッとなってメトロノームを持ち上げ、繁之の頭を殴打した。倒れたのはその場所さ」と言って、窓辺を指さした。

巻かれたレースのカーテンの裾《すそ》に血が飛び散っていた。すでに乾燥し、褐色に変色している。

安堂は言った。「こうして現場を案内してもらうと、被疑者の供述通りだということがよくわかります。しかし、古川さん、あなたの目的は裁判官に現場を見せることではないのでしょうね。何なのですか」

彼は小野崎に目配せしたあと、「急なことで申し訳ない」と頭を下げた。

「私が安堂さんの力を借りようと提案したんです」と、彼女が身を乗り出す。「校長と春美さんが愛人関係にあるという情報は、検察リークじゃなかったんです。ねっ、古川さん」

「ああ、そうなんだ。おれたちだって、まったく知らなかった。知らないことはリークできないだろ？」

安堂には二人が冷静さを失っているように思えた。しかし、それも仕方のないことだろう。起訴の直前になって、殺害動機を持ちうる第三者が現れたのだから。

「ずいぶん慌てているようですが、そもそもＳＮＳの情報は正しいんですか」

小野崎が答えた。「信ぴょう性が出てきたから、慌ててるんです。私は学校にすっとんでいき、佐高さんに聞いたんです。彼は春美さんと愛人関係にあることを『事情がある』の一言で片付け、否定しませんでした。それともう一つ……」

「何ですか」

「校長と理事長職のいずれも、辞任するというのです。何かあるから、けじめを急ぐのだと思います」

「ところで、繁之さん殺害についてはどうなのですか？」

「それはきっぱりと否定しました。弁護人の見方として適切かどうかはわかりませんが、ほんとうかどうかはわかりません。とにかく何が起きているのかがわからない」

「アリバイは？」

「それも口を濁して、答えてくれませんでした」

「なるほど不審ですね。それで、妻のほうはどうなんですか」安堂は古川に向き直った。

「佐高は愛人なのかと聞いたら、そのことはまだ話したくないって珍しく抵抗したよ」

　安堂は腕組みをして言った。「捜査で見落とした人間関係があったのは確かなようですね。ところで、ＳＮＳの発信者は誰なのですか？」

「県警にアカウントを調べてもらっている。どこの誰か、どんな意図で情報を流したのかはまだわからない」

　ここで混乱を整理することにした。「つまり古川さんにとって最悪なのは、犯人を間違うことですね。真犯人は佐高で、愛人をかばうために春美が罪をかぶっている疑いが出てきた。もしくは共犯関係にあるか。反証として、それらの疑いをつぶしきれていない」

「まだ一つの可能性だとしても、冤罪《えんざい》の起訴検事になるなんて悪夢だよ」と、古川は天井を仰ぎ見た。

　だが安堂は同調はしなかった。「それならば、捜査をやり直せばいいのではないですか。起訴の期限、勾留満期はあしたでしたよね。間に合わないなら、いったん処分保留にする方法だってある」

「もうその手はやったよ。検事正と次席検事に却下された。悪いことに、きょうの午前のうちに高検、最高検の決裁が済んでいたんだ」

古川の話は自身のキャリアにも及んだ。

「おれは特任検事なんだ」

交通違反など軽微な罪の処分を行う副検事から抜擢《ばってき》されてなる検察官である。「あんたたちのように司法試験を受かったエリートとはちがう。ふつうの検事のように権限を持たせてもらっても立場が弱いんだ」

組織のなかの階級制度のようなものに憂いを禁じ得ない。だが、それを脇に押しやるほど疑問のほうを強く感じた。どうしても、腑《ふ》に落ちないことがある。

「いや、おかしい。真犯人が別にいるかもしれないんですよ。組織が決めたことであっても、それほどの疑いが残るなら覆せるはずじゃないですか」

「ちがうんだ。おれのミスなんだよ。証拠を完璧《かんぺき》に作り過ぎてしまったんだ。書類上はどんな人間が見ても、春美が犯人だ。県警を含めて疑う者はない」

安堂はため息をついた。「第一の証拠であり、立証の大部分を依存する自白に矛盾がないんですね」

「ああ、矛盾はない。何一つない。共犯者がいたという形跡も一切ない」古川は大きくうなずいて、ないを繰り返した。

小野崎の呼び出しに怒ったふりをする準備はどこにいったのやら……。安堂はだんだんと前のめりになる意思を止められずにいた。

古川によれば、取調室で春美が語った殺害動機は離婚にかかわるものだという。彼は数枚の紙をカバンから取りだし、テーブルに広げて見せた。

「これはおれが持ち歩いているメモだ」と古川は言ったが、どう見ても調書の写しだった。

「拝見します」と短く言い、手にとって目を通した。離婚をめぐり、ピアノのそばで言い争いになった場面が詳述されていた。

　離婚は私から切り出しました。繁之がなかなか酒をやめてくれないからです。手を出したりすることはありませんでしたが、酔うと言葉の暴力がひどいのです。離婚届に判を押すと言いながら、かれこれ二年も放置されてきました。

　いつも飲み始めて三十分が過ぎたあたりから、激しくののしり始めます。ワインのボトルなら、そんな短い時間で空けてしまうほどです。その日もそうでした。がりがりにやせた中年女は嫌いだとか、歌がへたになったとか、子供ができなかったのはお前のせいだとか、若い頃と比べたり、私が気にしている不妊症の問題を持ち出したりして、ねちねちといじめるのです。

そこまで読んだとき、小野崎が「ひどい」とつぶやいた。「これだと夫からのＤＶじゃないですか。私、胃がむかむかしてきた」

古川が同感だと応じた。「しかし、この後からが犯行の場面だ。黙って読んでもらいたい。おれが証拠を作り過ぎたと言った意味がわかるはずだ」と促した。


ワインのボトル一本を空け、さらに二本目の半分になったとき、宅配便が玄関の呼び鈴を鳴らしました。夜の十時でした。再配達を依頼したので、指定した時間に来てくれたのを覚えています。届いたのは、東京の楽器店に注文していたメトロノームでした。ここ数年はデジタルの製品を使っていたのですが、故障したため昔ながらの振り子式を買いました。ピアノのそばで包みをほどいていると、後ろから繁之がやってきて、「そろそろ離婚届にサインしてやろうか」と言いました。

しかし私は「お酒を飲んでいないときにお願いします」と答えました。後になって、酒に酔っていたから無効だと言われるのが嫌だったからです。すると「口答えするのか」と臭い息を吹きかけてきました。顔をそむけたとき、洋酒棚のガラスに映った自分を見ました。

若いときの張りをなくした、がりがりにやせた中年女です。子供も持てず、夫になじられる日々を過ごす不幸な人間です。ガラスに映る人がとてもかわいそうだと思ったとき、ピアノの上にいったん置いたメトロノームをつかんで夫の頭に振り下ろしていました。カッとなって、殴ってしまったのです。夫はその場に倒れ、頭から血を流しました。息をしていないのを確認すると、なぜだかホッとしました。殺してやりたいと考えたことが前にもあります。私はあの晩、ついに実行したのです。

　勾留質問の際に感じた精神の乱れは調書の文面にまるで見られなかった。犯行にいたる前の心情が随所にあふれ、安堂にはこれが同一人物の自白だろうかと不思議でならなかった。宗春美が二人いるようだ。

「春美さんの今のようすはどうなのですか」

　小野崎が答えた。「勾留が半分を過ぎたあたりから、明らかに変わりました。反省を口にしたり、殺人は間違っていたと泣いたり、ちゃんと罪悪感もあります。ほほ笑んだりすることもなく、やはり当初の雰囲気は一時的なものだったようです」

　古川が補足した。「すっかり、しおらしい女性に戻っている。学校では同僚や生徒の評判もいい。逮捕当初、ちょっとようすがおかしかったのは事件を起こしてショック状態だったからだろう」

「なるほど、それなら理解できます。しかもこの調書は細部にわたって生々しい」

　古川は「だろ？」と語尾を上げた。「もともと記憶力がいいのか、こんなふうに細かいこともちゃんと覚えているんだよ」

彼は立ち上がってピアノの横に立った。「メトロノームはここにあった」とピアノの上を指で示した。さらにワインのボトル二本がソファテーブルに置かれ、うち一本は供述にあるように半分ほど液体が残っていたという。ほか、離婚届、故障したデジタルのメトロノーム……それらがいま部屋にないのは、自白を裏付ける証拠品として押収したことを物語っている。

「血染めの新聞紙もあったよ。いったんはメトロノームを包んでどこかに捨てに行き、逃げようとしたらしいが、どこにも逃げ場がないことに気づいたんだとさ。それから救急車を呼んだが、救急救命士が駆けつけるなり死亡を確認した。頭蓋骨内の出血が激しかったそうで、即死だったとみられている」

物証と検視結果も、ことごとく合致していた。

「もちろん、宅配業者からも裏を取った。十時に再配達に来たことも間違いない」

安堂は自分の立場を忘れて、弁護人まがいの質問をした。「取調官に誘導はなかったのですか。室内の小道具が巧みにあしらわれていて、警察側のストーリーに沿った供述に仕向けたということです」

「ない」古川はきっぱり言った。「取調官は誠実なタイプのベテランだ。おれも立ち会ったが、春美からはまるで自動販売機のようにすらすらと話が出てくるんだ」

「だからこそ、あなたは春美があらかじめ用意していたストーリーではないかと疑うのですね」

「今となっては遅いが、おれのカンがそう告げている。要するに、できすぎなんだよ。しかしもう、こんなに捜査が大詰めにきた段階では誰も耳を貸さない」

公判の行方が見えづらくなった。

真実の危機だ——そう思ったとき、線対称である〈真実〉の字が大きく頭に浮かんだ。ああ、小鳥さんの時間が来てしまうのか。安堂は首を激しく振って、「いけない」とつぶやいた。

だが、脳の指令は止まってくれなかった。視界がだんだんとぼんやりしてきた。ブルーの霧のようなものが立ちこめ、何かがそこに像を結ぼうとしている。

額の先に現れたのは、なぜかアヤメを挿した花瓶であった。安堂は虚空を見上げるような姿勢で固まった。その視線の先に何があるのだろうと、古川、小野崎が後ろを振り向いた。むろん彼らからは見えるはずのないものだ。

安堂は思い出そうとしていた。まばたきをしていると、花瓶の周りの空間が一気に広がった。そこは山路医師が勤める大学病院の廊下であった。

タイムスリップしたように、安堂は十一歳の小学生に戻って廊下の隅に立っていた。看護師に手を引かれ、山路の診察室の前に連れて来られたのだ。背中にはランドセルがあった。

看護師が聞いた。「ぼく、じっとして待てるかな？」長いすがあり、腰掛けるように促された。

「うん」とうなずいたものの、じっとしているのはもっとも難しいことである。当時は今と比べものにならないほど、衝動性が強かった。

ランドセルを肩から外そうとしたとき、ひらひらしたものが目に入った。廊下の奥の窓が開いていて、レースのカーテンがそよいでいたのだ。スイッチが入り、カーテンに向かって駆けだした。

しかし、まっすぐに走れない。片方の肩にぶらさがるランドセルの重みでバランスを崩し、フラワーテーブルに置かれた花瓶にぶつかった。弾みで自分も転んだ。背中を床に打ちつけたとき、アヤメを挿した花瓶が横切り、肩の近くに落ちて割れた。ガシャーンと音がして、スローモーションのような動画が静止した。

それから時を置かず、動画は一転、倍速送りを始めた。「うわーっ」という看護師の叫び、つかつかと歩み寄る他の患者の足音、それに交ざって緑の作業服を着たおじさんが現れた。片手にモップ、もう一方の手にバケツを提げている。

転がっている子供には何も声をかけず、割れた花瓶のところにしゃがみ込み、破片を拾い始めた。

「清春くん、だいじょうぶ？」山路が驚きに目を丸くして部屋から飛び出してきた。手や足、肩を触診され、「痛いところないかしら」と聞かれた。「ない」と答えたかったが、うまく声が出なかった。緑の服を着たおじさんが怖かったからだ。こんなときは怒られるか、ゲンコツをもらうか、条件反射のように身を縮めていた。

ところが、おじさんは振り向くなり、「ぼくちゃん、ごめんな」と言った。申し訳なさそうな顔でなく、ほほ笑んでいる。

「いやいや、これが悪いんだよ」と言い、モップの柄の先をゲンコツで小突いた。「この廊下、狭いだろう。前から来た人をよけようとしたら、花瓶にぶつかっちまった。すまん、すまん、でも、ぼくちゃんにケガがなくてよかったよ」

病院の清掃員らしいおじさんは、ありもしないことを事実のようにその場で並べ立てた。しかも、なぜか、ほほ笑みながら……。春美の表情によく似ていた。花瓶とアヤメの像はこの出来事を思い出すための入り口だったようだ。

「安堂さん、安堂さん！　ねえ、ちょっと……」

小野崎の声に引き戻された。まばたきをすると、古い記録動画は霧のように消え、脳の奥深くに戻っていった。

「今のはなんだ？　この前も見たぞ」古川がいぶかしげな顔つきで見つめていた。

「なんでもありません、ちょっと思い出したことがあったものですから」

「事件に関係することですか」小野崎の顔がパッと明るくなった。

安堂は軽くうなずいた。「この事件、何とかなるかもしれません」

「ほんとうですか」

「たぶん……」と、少し自信なさそうに答えたのは、いま頭にある打開策を彼らに話すのは山路医師に確認したあとのほうがいいと思ったからだ。

「ええ、たぶんですが、この事件はだいじょうぶです。真実は裁判で突き止められるはずです。そうです、真実が何より大事ですから。線対称になっていることではありませんよ」

まだ現実に戻りきれない部分が、安堂の脳にはあった。

6

記録的に暑かった夏のせいか、地裁の庭はまだ青々としていた。サクラやケヤキの葉は十月に入ったというのに枝にしっかり付いている。安堂は裁判官室で法服をはおりながら、季節の感覚を伴わない景色を窓からぼんやりと眺めていた。Ｙ地裁に赴任して二回目の秋である。

すでに法服姿になっている門倉が言った。「やっぱり、これ着ると暑いぞ。おい、一〇一号法廷のエアコンはおかしくなってないか」

落合が答えた。「だいじょうぶだと思いますよ。二十八度に調整してあります。裁判員のみなさんが不快になってはいけませんから」言葉遣いは丁寧だが、顔つきは暗い。あなたのために管理室まで行ったのではないと顔に書いてある。

まもなく宗春美の初公判が開廷する。落合は裁判員が待機する法廷裏の会議室に向かうため、一足早く裁判官室を出ていった。

裁判員裁判は事務負担が大きい。多くの被告人を裁く都会の忙しい地裁なら、起訴から初公判まで短くとも八か月はかかる。事件ごとに裁判員候補の招集と面接、決定、そして通知……ぜんぶで六人を選ぶ。

さらには、公判で何を審理するかを話し合う「公判前整理手続き」も一度で済まないことが多い。被告人が争う姿勢を示した場合、検察、弁護側にはこの段階で対立が生じる。例えば証人について、「取調官の尋問がほんとうに必要なのか」「いや必要だ。供述の任意性を確かめたい」と、やり合うのである。争点の多い事件では、本来は裁判の準備にすぎないこの協議が一年以上続くことも珍しくない。

東京地裁などとは打って変わり、春美の事件がわずか三か月足らずで初公判にこぎつけたのは、第一にＹ地裁がひまであることが大きい。殺人事件が二年半もなく、法廷の空きを順番待ちする必要がないのだった。

次の理由は公判前整理手続きが一回の話し合いで済んだことだ。春美は依然、供述を翻していない。そこは小野崎が何度も通い、意思を確かめたところである。

じつは〝非公式の公判前整理手続き〟も、古川を交えて一度だけ開いていた。裁判所からの出席者はむろん、安堂ひとりであった。その話し合いのなかで安堂は二つの提案をした。

まずは二人が目下の疑問を打ち消して、「検察官は検察官の仕事に徹する。弁護人は被告人の利益に徹する」ということだ。「司法制度の可能性に期待してみてはどうでしょうか」――

検察、弁護側が存分にやり合うことで真実を導くという原則論だ。

二つ目としては、春美に心療内科の診察を受けさせることを提案した。拘置所に医師を呼ぶか通うか、どちらでもよい。弁護人の求めに検事が異議を唱えなければ、容易にできることであった。

きょうの初公判のスケジュールは午前中に罪状認否を行い、検察の冒頭陳述まで済ませ、午後に弁護人の意見陳述、春美への被告人質問まで詰め込む予定になっていた。否認事件ではないので、とんとん拍子に進むという算段があってのことである。

ただし、弁護人からは通例の証人通告がまだなされていなかった。さすがに門倉が気づき、

「罪を認めるとはいえ、何で弁護人は情状証人を呼ばないんだ。ＤＶ被害みたいな殺害動機なら、いかに被告人が苦しんでいたか知ってる人間が一人はいそうなもんだが」と言った。

安堂はふーんとうなっただけで、何も答えなかった。とぼけたのではなく、この三か月、弁護人の仕事に徹してきたであろう小野崎からは何も聞いていなかったからだ。古川とともに、一切の話し合いなく公判に突入することが三者の約束事になっていた。

なぜ証人を呼ばないか。答えは法廷にあるのだろうと、ただそれだけを思った。

法廷には裁判官に続いて、六人の裁判員が入る。安堂と落合は裁判長である門倉を挟んで座り、その両外側に裁判員が三人ずつ陣取った。書記官より一段高い場所に計九人の顔が並ぶこ

とになる。

腰掛けた瞬間、安堂はしまったと思った。確かめるように足元に目をやると、サンダルを履いていた。

裁判官室を出る際に門倉に話しかけられたせいで、着衣を整えることに集中できず、フォーマルな革靴に履き替えるのをうっかり忘れたのだ。動揺がそわそわを誘ったのか、貧乏揺すりが突如始まり、もっとも恐れていたことが起こった。

カタカタカタ……床にサンダルのかかとを打ちつける小刻みな音が響いてきた。いつも履いているクッションの効いたゴム底の革靴なら、しない音である。

門倉が音に気づいて下をのぞき込もうとしたとき、サンダルを脱ぎ、法服の裾を広げて見えないようにした。彼はヘンな奴だと言わんばかりの目つきで顔をのぞきこんできた。

山路医師のアドバイスを思い浮かべた。「清春くんは一日一つは忘れ物をするはずだから、いちいち落ち込まないこと」……安堂は心のなかで「先生、やっぱり落ち込みます」と返事をした。

「起立！」廷吏の声が響くと、門倉の視線は去り、平らな床の感触が薄い靴下を介して足の裏に伝わった。がまんできないほどの不慣れな感触ではないことがわかり、いささか安心した。だが着席したあとは、二本の足が交互に上下動を始めた。左右の手で両足の膝《ひざ》小僧を痛むほど強く押さえ、動きを止めた。

小刻みに揺れていたことを誰かに見られただろうか。法廷を見渡すと、二人だけこちらを見ていた。古川と小野崎だ。ともに示し合わせたかのように首をかしげている。挙動を不審に思っていることがありありとわかった。

中央の被告人席に宗春美はいた。スーツを着て、ワイシャツのボタンは最上部までしっかり留めている。だが鎖骨が見えるほど、首元に隙間が空いていた。三か月の拘置所生活で、いっそうやせたのかもしれない。ただ、前に見たときと明らかにちがうのは表情である。ほほ笑んではいない。

古川によって起訴状が読み上げられたあと、門倉は罪状認否へと手続きを進めた。

「被告人、前へ」

春美は一礼すると、証言台へ歩み寄った。

「起訴内容はきちんと聞きましたか」

「はい、私は起訴事実を認めます」と、はっきりした口調で答えた。細身の体からは想像しえないよく通る声だった。

検察が提出する証拠は「甲号証」と呼ばれる。調書を始めとする書証のほか、凶器とされたメトロノーム、それをいったんは包んで捨てようとした新聞紙、凶器および室内から採取された指紋の鑑識記録、繁之の遺体の写真、法医学者の鑑定……古川はそれらに番号を付し、目録を読み上げた。

しめて六十一点からなる甲号証のすべてに小野崎は同意した。これには門倉も疑問を寄せた。

「弁護人、供述も争わないのですか」

「今は争うつもりはありません」

あまり聞いたことのない切り返しだ。

「今はというと、どういうことかね」

「後に説明したいと思います。とにかく今はだめなんです」

古川が立ち上がった。「同意しながら後で争うということなら、証拠認否なんかやる必要はないじゃないか」

「私が裁判の時間を無駄にしたと言いたいのですか」

「そうです。弁護人は公判を軽んじています」

「軽んじてなどいません」小野崎は挑発的な視線を検察官席に向けた。

「まあまあ」と門倉が割って入った。「両人とも落ち着きなさい」と取り成しながら、裁判長の眉毛《まゆげ》がぴくんと上がった。おもしろがっているのだ。

「弁護人、後で聞いて納得できる事情があるのでしょうか」

「そのようでありたいと思っています」

「では、この件は午後に持ち越しとします」

そう言うと門倉は休廷を宣言し、立ち上がった。落合とともに裁判員を案内し、昼食を用意してある会議室に向かった。安堂は最後の一人になるまで法廷に残った。誰にもサンダル履きを見られないで退場するためであった。

7

午後一時きっかりに審理は再開した。

「弁護人、意見陳述を始めてください」

「はい」と言って小野崎は立ち上がった。一枚の紙を卓に広げ、ほんの数秒そこに目を落とすと、九人が座る裁判官席をゆっくりと見渡してから、こう告げた。

「今のところ、起訴事実、検察官が提示した証拠について意見はありません。ただし、弁護人は被告人の利益をはかることに徹します」

なんてこった……門倉の声が聞こえるようだった。裁判員も何人かが隣と目を見合わせた。意見陳述は弁護側が法廷にどう取り組むかを表明する場だと聞いていたからだろう。これでは何もしないと小野崎は言ったに等しい。

「またも『今のところ』とは、どういうことかね」門倉が険しい顔を向けた。

「被告人のためです。被告人の利益を考えれば、弁護人としては今はこうするしかないのです」

裁判長は語気を強めた。「しかし、弁護人、あなたが何を考えているのか知らんが、弁護人の義務を放棄したとも受け取られかねませんよ」

古川もどこか戸惑う表情でうかがっていた。裁判が成立するかどうか、危うい状況なのは誰の目にも明らかだった。

そこに落合が「裁判長」と挙手をした。「ひとこと、よろしいですか？」

「うん、どうぞ」門倉はおやっという顔を見せながらも発言を許可した。

「これは被告人と弁護人の間の問題ではないでしょうか。証拠認否は終えていますし、弁護人に意見がなくても起訴事実を確認し、罪が存在したかどうか、存在した場合にはどんな量刑が適当か、それらを当法廷が審理するうえで、それほど支障が大きいとは思えません。弁護人は被告人の利益に徹すると言っているし、それを意見とすることも可能ではあると思います。そのやり方を被告人が納得しているのであれば、審理を進めてしかるべきです」

落合には、いま何が起こっているかを六人の裁判員に知らせる意図もあったのだろう。とはいえ、あまり前例がないことが起こっていることは確かだ。

門倉は露骨に「そうかぁ」といわんばかりの顔つきで、被告人を証言台に呼んだ。

「宗春美さん、あなたは弁護人が意見陳述しなくてもよろしいんですか」

「私は小野崎弁護士が面会に来られたとき、すべてをお任せしますと言いました」

「改めてうかがいますが、さきほど罪状認否で罪を認めたのはあなたの意思ですか」

「はい、そこも小野崎さんとはきちんと話をしました」

「わかりました。では『被告人の利益に徹する』を弁護側の意見陳述とします」

安堂は古川と目を見合わせた。検察官は法服の一人にだけわかるように、首を傾けてうんうんとうなずいた。「被告人の利益に徹する」とは、そもそも安堂が小野崎にしたアドバイスだったからだ。ただし、彼女がここでそれを使った理由はまだわからない。

裁判長は「それでは被告人質問に移ります」と不機嫌な声で言った。もうすでに、おもしろがってはいない。

古川が席を立った。今度は彼が検察官の仕事に徹する番である。

宗春美は何を話すのだろうか。今の自分の興味の中心はそれでなければならないのに、脳が引き剝《は》がそうとしていた。被告人の表情や口元から出る言葉のすべてに集中していたい。でも、どうしてもそれができそうもない。

彼女は学生時代、ソプラノ歌手をめざしていたという。姿勢がそれを物語っていた。背筋がまっすぐに伸びて、その姿に線対称の名前をかさねて見ないではいられなかった。今にも小鳥さんの時間がやってきて、何かほかのものに興味が飛び移りそうになっている。

お願いだから、審理に集中させてほしい——心の内で叫んで思考から排除しようとしたものの、スピードで負けていた。手元の資料で裁判員の名簿を見ていたとき、一度は気づかないふりをしたのだが、それでも小鳥さんはやってきた。

谷口《たにぐち》栞《しおり》という女性の名が頭から離れていかないのだ。被告人に同じく、左右対称の名前である。市内の建設会社に設計士として勤務する女性だ。

じつのところ、名簿には氏名と年齢が記してあるだけで、その他の情報はない。職業を知られることを嫌がる人もいるためだ。しかし彼女には隠す気がなかった。選任の面接の際、建設会社のネームの入った作業衣を着てきたのだった。

建設会社でどんな仕事をしているのだろうと、会社のホームページをのぞいてみたところ、一級建築士であることがわかった。安堂は今更ながら、のぞき見したことをつくづく後悔していた。

設計士と知って〈大工〉を連想してしまったのだ。この職業はあろうことか、美しいほどの線対称である。

そういえば、春美は音楽を仕事にしている。なぜこんなときになって、〈音楽〉も左右対称であることに脳は気づかせるのだろう。どうでもいいようなことが意識のなかに折り重なって、春美の受け答えがまるで頭に入らないでいた。

脇道を見つけては突っ込もうとする脳の走りを止める方法はもうこれしかない。「裁判長！」ひときわ大きな声を出し、挙手をして発言を求めた。古川の尋問が中断した。

「安堂裁判官、発言をどうぞ」

「質問を中断させてすみませんでした。以上です」

法廷の目のすべてが自分に注がれていることに気づき、やってしまったと思った。視線の持ち主のほとんどがぽかんとしている。

山路医師から「それやると、相手はびっくりするよ」と注意を促されていたコミュニケーション上の特性が、よりによってこの場で飛び出した。肝心の要件を、すっ飛ばしてしまうのである。いわば、言葉の忘れ物だ。

「おっちょこちょいと言えば、おっちょこちょいだけど、相手には伝わらないわね」山路の声が耳朶《じだ》に戻ってくる。

「失礼しました。被告人の言葉がよく聞き取れなかったので、もう一度お願いします」と、先に言うべきだったことを付け足した。

古川がうなずいた。「わかりました。質問から、やり直します。大事なところなので、ここは念入りにやりましょう」

それを聞いて、救われた気がした。法廷は元に戻り、小鳥さんもおとなしくなった。

検察官は席を歩み出て、春美に近づきながら「あなたはこう供述していますね」と切り出した。続けて供述調書の一部を読み上げた。「がりがりにやせた中年女は嫌いだとか、歌がへたになったとか、子供ができなかったのはお前のせいだとか、若い頃と比べたり、もっとも私が気にしている不妊症の問題を持ち出したりして、ねちねちといじめるのです……被害者である繁之さんのふだんのこの素行は事実ですか」

「はい。私はそう記憶しています」

「日頃から恨んでいたんですね」

「自分のことを見つめ返してみると、恨んでいたのだと思います」

「事実なら、言葉の暴力だと受け取れる。ＤＶと言われても仕方ない。ところが、私たちが調べたところ、あなたが被害者として行政の窓口などに相談した履歴はない。あなたが勤めていた学校関係者からも、そうした話はまったく出てこない。これ、あなたの作り話じゃないんですか」

「異議あり」小野崎が立った。「検察官は推測を述べています」

門倉がすぐに却下した。「調書の事実関係をただす質問です。被告人は答えてください」

「彼は昔はやさしい人でしたが、最近になって人が変わったようになりました」

「それを信じるのは難しいことだと思います。周辺に聞いても、繁之さんの評判はすこぶるいい。やはり、あなたは巧みに作り話をして、同情を買い、刑を軽減しようと思ったのではないですか」

「異議あり。巧みにとは、検察官は被告人の心証を傷つけようとしています」

裁判長が仕切る前に古川は言った。「わかりました。『巧みに』の部分は記録から削除してください。やや口が滑りました。しかし、質問には答えていただけますね」

春美はうなずくと、「刑を軽減してもらおうとは思っていません」と短くだが、明瞭《めいりよう》に答えた。発声がきれいで言葉によどみがないせいか、嘘には聞こえなかった。

ただし、古川の追及が厳しさを増すのはここから先が本番だった。

「どんな事情があろうと、繁之さんはまだ四十三歳でした。その人生をむごくも閉じなければならなくなった。その無念を思えば、聞きにくいことも聞かねばなりません。あなたには不倫関係にある人がいますか」

「いません」春美は首を横に振りながら答えた。

小野崎が血相を変えて起立した。「おかしいですよ。検察官の質問は冒頭陳述で示した立証範囲を超えています」

古川は「超えていない。夫の殺害動機がほかにないか、念を入れて確かめなければなりません」と返した。つまり、学校長の佐高京介が犯行にかかわっていないことを確認するための質問だというわけである。

「では、質問を続けます。校長のサ……」古川が実名を出しかけたとき、そこまでだと強い口調で門倉がさえぎった。

「やはり、さきほどの弁護人の異議を認めることにします。不倫がどうのというやり取りは記録から削除してください。それと裁判員のみなさん、今の一連のやり取りを忘れてください」

ＳＮＳの情報を赤裸々に公判に持ち出すのは行き過ぎという判断だろう。

すると、裁判員の一人が挙手をした。谷口栞である。制度的にも裁判員の発言は許されているが法廷や評議、記録ではプライバシーを守るため、番号で呼ぶことになっている。

「三番さん、どうぞ」門倉はためらうことなく許可を出した。

裁判員の氏名は裁判所側から明らかにすることはない。被告人に個人情報を知られたくないという理由がもっとも大きい。裁判員同士でも明かさないことが多く、法廷や評議の場ではお互いを「さん」付けの番号で呼び合うのが常だ。

三番さんの谷口が険しい顔つきで言った。「裁判長は忘れろとおっしゃいましたが、いったい、どうやって忘れろというのですか。電気ショックを受けて失神でもしない限り、ずっと覚えていると思いますよ」

門倉は彼女に顔を向け、「刑を考えるときに、さっきの質疑を参考にしないでほしいとお願いしたのです」

「参考にしないと言っても、それってどうやるんですか。私の感想では宗春美さんが嘘を言ったようには見えませんでした。それも考えちゃいけないのでしょうか」

もう一人、手を挙げた裁判員がいた。角中信彦《かどなかのぶひこ》という名の初老の男性だ。落合の三つ向こうの席、左端に座っている。番号は六番。

「六番さん、どうぞ」

「さきほど休憩室で、落合裁判官から法廷に出た事柄だけで、判決を考えるように言われました。だけど、さっぱり意味がわかりませんでした。そこでこの裁判にどんな特別な事情があるのか、あちらの席にいる女性に聞いたのです」

「えっ、私ですか？」と、二番の中年の女性が恐る恐るだが、どこかうれしそうに手を挙げた。安堂が手元の名簿をのぞくと、三上綾子《みかみあやこ》、四十八歳とある。

「いやいや、私ったら、そうなんです。ＳＮＳで宗さんと校長が愛人関係にあるなんてウワサがあるよって、教えたんです。落合さんが言ったのはそのことだと思って……あらっ、いけなかったかしら」

　六番さんがふたたび挙手をした。

「私なんぞ、ＳＮＳはさっぱりなもんですから、そのとき初めて聞いた次第です。で、さっきの検察官と被告人のやり取りですが、『法廷に出た』と考えてはいけないのですかね？」

　門倉は言葉をなくしたように黙り込んでしまった。代わりに、谷口が答えた。

「記録から削除するから、『法廷に出た』ってことにはならないという理屈ですよ。だけど、見聞きしたことを頭から閉め出して物事を考えるなんてことは、裁判官の方々にはできても普通の人間には無理ですよね」

　安堂は裁判官という立場を忘れて、心の底で溜飲《りゅういん》を下げていた。裁判官も普通の人間であり、ほんとうはできないことなのだ。司法の建前にすぎないものに対して、市民から率直な疑問を投げかけられた場面に出くわしているのだろうと思った。はて、どちらが常識人なのか。

法廷はまだ被告人質問の段階なのに、自由な討論の場になってしまっていた。それでも六人のうち三人が何も言わなかった。一番の小柄な高齢の女性と、四番の大学生風の若い男、五番の恰幅《かっぷく》のいい中年男性——丁々発止が苦手なのか、いずれの顔にも戸惑いが浮かんでいる。

門倉は安堂に目配せしてきた。落合はこの論争の当事者とも言える。確かに、中立な立場にあるのは自分のみである。安堂はすっくと立ち上がって言った。

「みなさん、続きは後にしませんか。判決を話し合う評議の場で、改めて議論することが可能です。とりあえず結論は保留して、審理に戻りましょう」

いったん場が静まったそのときだった。傍聴席にわずかながら、さざ波が立った。なぜか、佐高京介が入ってきたのだ。

空席を見つけて腰を下ろしかけたとき、彼は法廷中の目が自分に注がれているのに気づいた。すると、その場で深々と一礼した。数秒もの間、頭を下げ続けた。安堂には一人だけ背中を向けている春美に、そのおじぎが向かっているように思えた。

8

「弁護人、質問を始めてください」

仕切り直しの法廷に門倉の声が響いた。

が、小野崎はなかなか立ち上がらないでいた。呼吸が苦しいのか、胸を押さえてうつむいている。以前にも見かけた光景である。

「どうかしましたか」門倉が尋ねると、彼女はゆっくりと顔を上げ、「私、緊張すると、いつもこうなるんです」と言った。

このとき安堂は宗春美に視線を送っていた。小野崎が苦しがるそぶりをしたとき、ふと腰を浮かしたのだ。反射的に駆け寄ろうとしたものの、被告人席を動いてはいけないことを思い出し、ためらいがちにまた椅子に腰を沈めた。

勾留質問で初めて顔を合わせたときの不可解な表情はなかった。そのときを思い出すほど、別人のように思えた。

小野崎は大きく深呼吸したあと、法廷をゆっくりと見回し、「まず私はみなさんに謝らなければなりません」と言って頭を下げた。

数秒の沈黙のあと、裁判長より前に古川が口を開いた。「どういうことだ？ 謝るって……」

「私が未熟だからです。公判が始まる前に被告人と十分な話し合いができませんでした。宗春美さんは自白していますが、私は疑問を禁じ得ません」

門倉が深くうなずいた。「被告人は罪を認めるといい、きみはそれに従わざるをえなかったということかね」

「はい、弁護人が被告人の意向と反対の立場をとるわけにはいきません。そこで質問の場を借りて、私が抱いている供述への疑問をぶつけたいのです」

　事実認定をめぐり、否認する被告人と検察が対立することは多いが、罪を認めている被告人と弁護人が対立するのは珍しい。

「だから、被告人の要望に添う形での意見陳述はできなかったということですね」と、門倉は身を乗り出した。「よくわかりました。では、始めてください」――声のトーンも上がった。安堂には裁判長がふたたびおもしろがっているのがわかった。

　小野崎は席を離れ、身を硬くする春美に歩み寄った。「宗さん、まず先にあなたの精神状態について、お尋ねします。過去にコルサコフ症候群と診断されたことはありますか」

　春美はきょとんとしたあと、「いいえ、ありません」と言った。

「そうですよね、私はあなた自身に病識がないことがこの事件の核心だと思っています」小野崎は説明資料を用意していた。弁護人席に戻り、カバンを開け、ひと束の書類を取り出して、法壇の九人と古川に配って回った。そして最後に春美にそっと手渡した。

　文面にこうあった。

〈アルコールの多飲に伴うビタミンB_1の欠乏により、生じることが多い。脳細胞が損傷し、その後遺症として認知症が発現する。記憶障害が起こり、覚えていない記憶を補おうとして、無意識に話を創作する。患者に作り話をしているという認識はない〉

　安堂は読むまでもなく、どんな症例かを知っていた。宗夫婦の自宅からアパートに戻り次第、山路医師にビデオ通話で連絡をとり、花瓶と清掃員のおじさんの話を聞いたからだった。

「へー、そんなことがあったの？　風にひらひらするカーテンに突進したんだ。いま診ている子にもいるよ。清春くん、水がきらきらするのも好きで、噴水の池に飛び込もうとしたこともあったものね」

山路は懐かしそうにしていた。

「ところで、ぼくが花瓶を割ったこと、覚えてないんですか」

「覚えてないさ。だって、あなたが小学生なら二十年以上前のことじゃないの。私は清春くんみたいな特性は持ち合わせてないから」

「ぼくの頭のなかには残ってるんです。しかも、奇妙なほど生々しく」

「特別な記憶だからね。長年、清春くんを診てきたけど、修正された記憶じゃないと思うよ。しょっちゅう思い出していたわけではなさそうだし」

「そうなんです。突然、思い出したんです」

「しかし、清春くんが割った花瓶を、自分が割ったんだと言い張った人がいたとはね……けど、その頃の清掃員なら、たぶん森《もり》さんだよ。確か、幸いに市場の市と書いて森幸市《こういち》さん」

その刹那《せつな》、聞かなければよかったと思った。線対称の氏名が性懲りもなく、そわそわを呼び寄せようとしていた。次の何かが頭に舞い降りないうちに、山路に質問した。

「先生は森幸市さんという方と、お知り合いなのですか」

「もちろん、もともと病院の事務職員さんだからね。アルコール依存症になって事務の仕事ができなくなってから、清掃の仕事に移ったんだと思うわ」

「そうなんですか」

「私と同じ診療科で依存症の専門医が診ていたけど、脳に影響が出たって話は聞いたことがある」

このあと山路は「あっ、そうか」とつぶやき、しばし沈黙した。

「何が『あっ、そうか』なんですか」

山路は確認を求めるかのように聞いた。「清春くんが花瓶を落として割ったとき、森さんは悠々と作り話をしたのよね」

「ええ、悠々とです。どこかうれしそうでもありました。満足げというか。知らない人ですし、ぼくのことをかばってとか、そういうのではないと思います」

「うん、たぶん、森さんはコルサコフ症候群だと思うよ。当時、診断名までは聞いてなかったけどね」

「コルサコフ？」

「ロシアのセルゲイ・コルサコフという精神科医で、その人が最初に報告したことから病名がついたんだよ。昔の記憶はあっても、脳細胞が傷ついているせいで、直近のことほど忘れてしまうの」

「うれしそうにするのは、記憶が補えたことを無意識に喜ぶからなんでしょうか。そして自然と、ほほ笑みが顔にでる」

「その通り！　自分の作り話のできばえに満足しちゃうんだと思う」

思った通りだ。殺人現場を訪ねたあと、これこそ安堂の聞きたかった答えだった。

　春美のほほ笑みが脳裏に浮かび、森さんという人の表情や態度とかさなった。自白調書の緻《ち》密《みつ》さのわけも察せられた。彼女は県警の取調官と一緒になって、調書のできばえを喜んでいたのである。


　小野崎は質問を再開するとき、まずは門倉におうかがいを立てた。「裁判長、証言台に椅子を用意していただけませんか。被告人の体調が万全とは思えませんので」

「いいでしょう」廷吏に促すと、椅子が証言台まで運ばれた。春美が腰を下ろすと、小野崎は軽くほほ笑みかけ、「これから質問を再開します。思い出す範囲でいいので、冷静に答えてください。そして、わからないことはわからないと率直に言ってください」と告げた。春美は「かしこまりました」と声に出して答えた。

「これは医師の診断書です。ここにコルサコフ症候群と書いてあります。アルコール依存症および脳疾患の専門医に書いてもらったものです」と、小野崎は書類を春美に示して見せた。

「覚えてますか」

「いいえ」

「拘置所にいるとき、診察を受けたことは記憶にありますか」

「わかりません」

「記憶にない、ということでしょうか」

春美は急に不安そうな面持ちになったが、弁護人の態度には落ち着きがあった。「春美さん、いいんですよ。その調子で……」とささやくように言った。

その場の小野崎の説明によれば、欠乏したビタミンB_1の投与などによって、春美の症状はいくらか和らいだという。

そこに古川の声が響いた。「裁判長、異議を申し立てます。弁護人は医者ではありません。どこまでが医者の意見でどこからが弁護人の意見か、判別しようがないと思われます」

「認めます。ただし記録は有効とします。弁護人が詳しい診断内容を後に証拠申請するなら、それで構いません」

古川が首を横に振って残念がるのを尻目《しりめ》に、すかさず小野崎は次の質問に移った。

「あなたが顧問を務める合唱部が全国大会に行ったのは何月のことですか」

「去年の十月です」

「春美さん、あなたが東京の音大を受験する生徒を引率したのは？」

「推薦でしょうか、それとも本試験のほうで？」

「両方、答えてください」

「秋と冬に二度あります」

「今年の冬も引率しましたか」

「はい、みんなと一緒に飛行機に乗りました」

「春美さん、医師によれば、じつはあなたの記憶が不明瞭になるのは春以降です。一時的なアルコールの多飲が原因とみられています。そうした問診結果は一週間前、医師があなたに告げたはずです。覚えてますか」

「いいえ」春美はか細い声で答え、うつむいた。

「心配しないでください。だけど、ここからがあなた自身の量刑を軽くするために重要なところです。がんばって答えください」

「異議あり。裁判長、いまのはだめでしょう。証言をためにせよとそそのかしていて、客観性が担保できません」

　かなりもっともな指摘だ。弁護人にとっては、イロハのイでつまずくみっともない失態である。しまったと、小野崎の顔に太線の字で書いてある。

「認めます」門倉は険しく歪《ゆが》む顔を弁護人に向けた。が、急に声色を変えた。「弁護人、まあ何と言うか、大事なところだと思ったら、もうちょっと慎重にやってくれんかね。削除はしない。でも次はないよ。おっと書記官の方、いまの私の発言は記録しなくていいから」

小野崎はホッと胸をなでおろしたようすで、「今後、気をつけます」と頭を下げた。古川はムッとし顔を天井に向けた。

「では、次の質問です。県警の捜査報告書によれば、刑事があなたから初めて聴取したのは繁之さんが救急車で運ばれた当日、場所は犯行のあったリビングでした。覚えてますか？」

「いいえ」

「だけど、その段階であなたは詳細な供述をしています。市役所からもらってきた離婚届に始まり、一本と半分を空けたワインのボトル、宅配便の空き箱に再配達の通知書、故障したデジタルのメトロノームと、その代わりとなる届いたばかりの新品……こうした小道具は聴取を受けるあなたの視界にぜんぶあるものです」弁護人はこう述べたうえで、核心をつく質問を放った。「春美さん、あなたには室内にあった物をことごとく利用して、作り話をしたという自覚はありますか？」

「ありません、まったくありません」春美は小声ながら、いまの自分の意識を確かめるように繰り返した。そのあと、ふと顔をあげて、小野崎を不安そうな目で見つめた。

「何か言いたいのですか」

「私の記憶はどのくらいの時間、私のなかに残っているのでしょうか？」

小野崎は身を翻して法壇を向いた。「裁判長、医師から聞いている所見を私が告げてよろしいでしょうか」

「かまいません」

「それでは申しあげます。数分か、数時間か、あなたの脳に記憶が残る時間はそのときどきで変わるそうです」

「そんなに短いのですか」

「はい、とても残念なことだと私も思います。ちなみにですが、この被告人質問がどう始まったか、覚えていますか」

　春美は苦しそうに首を横に振った。

　ここで弁護人が立証をはかるのは自白調書が作り話にもとづくものだとする可能性だったが、彼女はそれまでのどれよりも鋭い決め手を用意していた。

「一つ不明だったのは、あなたがＤＶに苦しめられたという動機の部分です。子供ができなかったのはお前のせい、若い頃と比べられた、不妊症の問題を持ち出して、ねちねちといじめられた……調書にはそんなことが書いてありますね。この部分のみ出所がわからなかったのですが、ありました」小野崎はつかつかと弁護人席に帰り、書類の下から検察が提出した証拠一覧の一か所を指で示した。

「これです。甲号証の十二番、メトロノームを包んだ血染めの新聞紙です」

　古川が頭を抱えている。

「この表側の記事に、供述と同じＤＶの被害が書いてありました。自宅で警察の聴取を受けているとき、目の前のテーブルにあったのではないですか」

「そっ、それは……」春美が言いよどむと、小野崎はいたわるように返した。「いいんですよ、答えなくて。思い出せないことは……」

小野崎は「弁護人として、これ以上聞くことはありません」と胸を張った。しばし沈黙が流れた法廷に、供述の信用性を崩すには十分すぎるほどの余韻を残した。

9

宗春美の裁判が終わって二週間が過ぎたころ、冊子に製本された判決文が配られた。安堂はそれをアパートに持ち帰り、ベッドにごろ寝しながら開いた。

体を横向きにして、左手で頭を支えた。ページをめくる役を務める右手は太股《ふともも》の間にきつく挟んでいる。本を読むときも、つねにこの格好だ。ページをめくるたび、いちいち右手を引っ張り出さなければならない面倒はあるものの、代わりに、圧迫刺激がそわそわに抵抗力を発揮してくれるのだ。

まず先に、評議の記録を開いた。パッと見るかぎり、会議室に顔をそろえた計九人の裁判官、裁判員が発した生々しい言葉はどこにもなかった。おのおのが実際に述べた意見が削られ、簡略化されるのは、骨子のみを記録に残すという名目があるからだ。じつにつまらない読み物になっている。

ほんとうはそんなものではなかった。安堂にとって、いや、全員にとって、もっとも議論が深まって印象を刻んだのは、最後まで断じることができなかった宗春美の動機である。評議は終わりに向かうほど硬さがほぐれ、ご近所の集会のようになった。

門倉「しかし、あのお嬢さん弁護士、とんでもないことしてくれたなあ」

二番さん「よくあることなんですか、私、モヤモヤがたまってしかたないです」

安堂「わかります。私も何度か殺人事件の裁判は経験してますが、結審したあとに動機がこれほどあいまいになる例はありませんでした」

三番さん「私も二番さんと同じです。やっぱり、よくわからないのは動機ですよね。私としてはそこは裁判員にもわかるように、弁護人の方に追及してほしかったと思います」

落合「弁護人にとっては、真実の問題ではなくて、被告人に不利益になりかねないことはしないんですよ。調書や事実認定へ疑義を示すことで被告人の利益をはかれれば、それでいいんです」

三番さん「まあ、そうですよね。でも、私たちは判決を出さなきゃいけないから、真相は知っておきたかった気がします」

四番さん「ぼくの順番ですか」

落合「席の順番は気にしないでけっこうです。発言はたくさんしてください」

四番さん「はい、そのようにします。ぼくはまず、矛盾を感じます。被告人はいまから半年前、つまり春までの記憶はあるわけですから、無理に言葉によるＤＶの作り話をする必要はなかった。取り調べの間に訂正する機会があったのではないですか。当初のショック状態は今は治療で和らいでいるわけだし、調書に間違った動機が書いてあるのなら、被告人質問で修正してもよかった」

六番さん「なるほど、四番さんはお若いだけに頭がよく回る。被告人はよほど夫が嫌いだったか、怒っていたか、ちゅうことですな」

五番さん「私もそう思います。夫に怒っていたんですよ。佐高京介さんの性的指向はやはり、そこに絡むのですかね。私としては、同じ男としてなかなか正視しづらい」

三番さん「そこはちゃんと見ないとダメだと思うんです。同性愛に偏見や差別を持ってはいけません」

五番さん「いや、私はそんなつもりでは……」

三番さん「それにですよ。夫と佐高氏が愛人関係にあったなら、被告人の腹立たしい気持ちが私にはよくわかります。夫が元教え子と付き合ってたなんて長いこと知らなかっただろうし、ショックを抱えていたから脳に影響が出るほどアルコールに浸ったんじゃないかしら」

五番さん「うん、確かに……憎かったと調書にもありましたが、自白はおじゃんになっても、その部分は正しかったということですな」

　評議が開催されるまでの間、何が「法廷外」で起こったかというと、佐高が自身のブログで同性愛者であることをカミングアウトしたのである。

　独身を通してきた理由を、「ある殺人事件の被害者」と恋愛関係にあったからだと明かしたうえ、秘密主義から重大な結果を招いてしまった、心からおわびしたい、と気持ちをつづったのだった。

四番さん「ぼくの想像を話していいですか。あっ、想像でものを言っちゃいけないんでしたっけ？　それに被害者の同性愛に関する情報は法廷で出たことでもないけど……」

門倉「この際、もういいよ。想像でもなんでも。情報の出所が法廷外だとか、そんなちっぽけなことは考えなくていい」

落合「四番さん、私はあなたの発言を想像とは言いません。見解として受け取ることにします」

安堂「同じく。評議を中途半端な気持ちを抱えたまま終われば、判決を出すとき、すっきりしないでしょうから、きたんなく語り合うことが大事です」

四番さん「被告人は夫の相手が女性ではなくて、男性を相手に浮気されるという現実を受け止められなかったのではないでしょうか。だから取調官と向き合っても、調書はこのままでいい、秘密が世間にばれるくらいなら、このままでいい。そう考えて、記憶がないにもかかわらず、投げやりな気持ちで罪を認めたんじゃないかと思うんです」
二番さん「そうそう、それだわ。私も、だいぶモヤモヤがとれてきました」
六番さん「同感です。夫と校長の関係が世間にばれれば、自分が勤務している学校のスキャンダルにもなりかねんことやし」
五番さん「ごもっともな想像だ。いや、見解ですね」
三番さん「そういえば、佐高氏は法廷の傍聴席に来て、春美さんに向かって頭を下げてましたね。あれこそ不倫の謝罪でしょう」
ヒック、ヒック……
安堂「一番さん、どうかしました？　だいじょうぶですか」
一番さん「はあーっ、悲しいですね。あたしゃもう、さっきから涙がとまらんとですよ。やっぱり、春美さんがかわいそう」
資産家である佐高は、性的指向から差別を受けたり、生活や仕事に困難を抱える人を支援するＮＰＯ法人を設立するとも発表した。この陰に、小野崎の法廷外活動があるかどうかは、安堂は聞くまでもないことだと考えた。

小野崎は最終弁論で「心神耗弱《こうじゃく》」を主張して、執行猶予の付いた判決を求めた。コルサコフ症候群は認知症の一種である。自制心が十分に働かない状態にあったと述べ、責任能力に乏しいという訴えを展開した。

評議は決をとったところ、自信がなさそうにしていた者もいたが、裁判員全員が「有罪」に手を挙げた。血の付いたメトロノームには春美の指紋しかついていなかった。古川は春美の自白に疑念を抱えたのち、遺体の傷と凶器の重さ、角度の整合性など科学鑑定による立証を文句のつけようがないほどにしていた。

物証の力は大きい。自白調書を証拠から排除しても、殺人が行われたことは厳正に裁かれなければならなかった。

刑法第一九九条――人を殺した者は、死刑または無期もしくは五年以上の懲役に処する。

量刑は「最低限にしたい」と主張する裁判員が多かった。殺人は本人自身に問題の起点があったのではなく、周囲が追い込んだものだという評価に落ち着いた。

したがって、不幸な人生を歩む音楽教師に対して懲役五年の実刑を言い渡した。

検察側は十年を求刑していた。「五割引き」はあまり前例がないことだ。古川にも、執行猶予を取れなかった小野崎にも敗北感があるにちがいない。しかし検察、弁護側がそれぞれの仕事に徹した結果、真実に近づけたことは確かだろう。安堂は冊子を閉じながら、そんな満足感を覚えていた。

古川については理解を深めたことが一つある。なぜ冤罪をあれほど恐れたか、答えは前任地にあると思われた。

ごく最近、検察が不確かな証拠で五十年以上も争う強盗殺人事件の再審が開始された。彼は高検検事として、そこにかかわっていた。検察官が過ちに気づかず起訴すれば、どんな迷路に入り込むかを目の当たりにしたのだろう。

公表はされなかったが、春美と佐高が愛人関係にあると誤報を伝えたＳＮＳは、橙園学院内のＷｉ－Ｆｉから発信されていたことがわかった。人物までは特定できず、発信の意図は生徒の悪ふざけだろうと推察された。

安堂はベッドから起き上がり、スマートフォンを手にした。「恋ってどんなものかしら」をもう一度聴いてみたくなったからだ。

ぼくには初めてなのでわからないのです
いまは欲望を感じています
あるときは喜びだけど……

イタリア語の歌唱のなかに、和訳がかさなっていった。男性が一人称で語るこの愛の歌を、春美はどんな思いで受け止めていたのだろうか。あの日のハミングを思い出し、切ない気持ちになった。

　しかし、美しい歌唱に静かに耳を澄ましたのもつかの間、そわそわがやってきた。安堂は音を出したままのスマホを、テーブルの上にそっと置いた。

　メロディーに合わせて、指揮者のマネをしてみた。これがとてもうまくいった。脳の指令と自らの意思が、ぴったり呼吸を合わせているようだった。

　歌は何度もループした。時間を忘れ、ひらひらと動く両手に身を任せていた。

10

　拘置所はラジオ体操の時間を迎えていた。午後三時に運動場に出て、みんなで体を動かすのである。少し冷たくなった風が頬をなでていった。

「ようやく秋らしくなった」と心のなかでつぶやき、「あっ、いけない」と続けた。宗春美は風の感触さえ十分に注意しなければならないと思った。この夏がものすごい暑さだったことを、コルサコフ症候群の患者が覚えているはずはない。数時間前の記憶が一切ない人生を私は生きているのだ。

　メトロノームを買ったのは、繁之を殺そうと思ってのことではない。離婚に応じない理由に、あの夜は特別に腹が立ったからだ。夫は佐高京介との関係が世間にばれてしまう、このまま静かに家庭内別居を続けたいと言ったのだ。私の人生など、どうでもいいのか。カーッとなって我を忘れ、ずっしり重いメトロノームを振り下ろしたのはほんとうのことだ。

新聞紙で血のついたそれを包み、どこかに捨てに出ようと思ったとき、しばし考え、逃げ切るのは無理だと観念した。次には精神疾患を装うことを考えた。だけど芝居を延々と続けられるものかどうか。

絶望しかけたとき、ふと父親の顔が浮かんだ。あの人のまねならできると、自分に言い聞かせ、救急車を呼んだ。

「森さん、森さん……」

繁之と結婚して以来、知り合いの誰か彼かが夢に出てきて、旧姓で呼ばれた。父の名前は森幸市といった。春美という名前にしたのは、自分と同じ左右対称だからだと目を細めるのがアルコールにおぼれる前の父の姿であった。

東京の音大に通っていたころ、宗という線対称の姓の持ち主と出会い、運命だと思った自分を切なく思い出す。幸せだったのは、繁之が自身の性的指向に逆らえなくなるまでの一時期にすぎなかった。それさえ自分たった一人で、何も知らずに感じていた幸せにすぎない。

取り調べや裁判を振り返って、一つわからないのは小野崎弁護士のリサーチの早さだ。彼女の口から、コルサコフ症候群の疑いがあると言われたときは驚いた。あまり世間には知られていない認知症だからだ。

医師の診断にたどりつくまでには、もっと時間がかかるものと覚悟していた。とんとん拍子にことが運ぶのが、かえって怖かった。何が彼女を動かしたのだろうか。けさも彼女は面会に来てくれた。懲役五年なら、模範囚なら三年で出られる期待が持てると言っていた。ああ三年もかと心のうちでぼやいたものの、上出来と思うべきだろう。殺人で五年の懲役は過去の判例でも、めったにない短さなのだという。

検察をやり込めたことについて、彼女は真実の力だと、どこか誇らしげに話していたけど、ほんとうのことは誰も知らない。真実を知っているのは私だけだ。

もう一つ、彼女には礼を言いたいことがある。佐高が謝罪のしるしに、まとまったお金をくれるという。「それはぜひ、フッかけてほしい」と言いたかったが、口をつぐんだ。もどかしいけれど、今まさに全力で演じている愛に裏切られた哀れな女性に似つかわしくない。

ラジオ体操が終わった。足腰を伸ばすためだけの単調な音楽が、つまらなく思えてしかたない時間がようやく過ぎてくれた。

青空が頭上に広がっていた。刑務所を出られたら、佐高のお金でイタリアに行こう。オペラを観よう。そう思っていれば、三年くらいはなんでもないように耐えられる気がした。

私はまだ若い。あきらめずに、恋もしてみたい。

春美はだだっ広い空に向かって、あの歌を叫ぶくらいの声量で歌いたくなった。

擬装

1

裁判所の前庭にツツジが咲いた。甘い香りがほんのりと鼻先をなでていく。夕暮れ時、官庁街が帰宅風景に染まるころ、安堂清春も職場の門を出て景色の一員となった。

暖かみを帯びた風が歩道のほこりを巻き上げている。季節が春へと移ったことを植物や風が告げていたが、安堂はまるで何も感じていなかった。

今朝、自宅を出る間際に起こったことで頭がいっぱいになっていたからだ。気がつくと喫茶パロマの前に来ていた。いつものようにドアを開けようとした。だが、差し出した右手が宙を泳いだ。つかむべき取っ手が消えていたためだ。

ひとりでにドアがスライドした刹那《せつな》、安堂は「うわっ」と叫び、尻餅《しりもち》をついた。しばらく来ない間に、自動ドアに改装されていたのだ。

安堂が予想外の出来事や変化に弱いのは、ＡＳＤの特性とみられる。こうしたアクシデントの次には運動機能が決まって不可解ないたずらをする。左手はカバンの取っ手をつかんだままになっている。体がバランスを崩し、こけそうになったとき、定型発達者ならば転ぶのを防ごうとカバンをとっさに放すところだ。しかし、脳は放さないよう命令を出したままだった。

半ば茫然《ぼうぜん》として硬いアスファルトに尻を預けていると、店の中から「安堂さん！」とよく知る女性の声が聞こえた。小野崎乃亜が駆け寄ってくる。

ぼんやりとして彼女を見上げた。

「ドアが……」

「ドアがどうしたんですか」

「なくなってたんです」

「えっ、ドアはありますよ」彼女は自動で開いたり閉じたりするそれを見つめて言った。そしてようやく気づいた。「ああ、前の取っ手のついたドアのことですか」

「ええ、あの木の木目のついた趣のあるドアです」

「先週、お店を休んで改装工事をしたみたいですよ。何でもコロナ以来、不特定多数が触るドアノブは嫌われ者になっちゃったようですね。木のドアがなくなったことが、そんなにショックなんですか」と、彼女はいぶかしげな顔で見おろしてきた。

「ええ、残念です」転んだほんとうの原因はちがったが、安堂はそう答えた。彼女がプッと吹き出しそうになったのがわかった。

背広の尻についたほこりを落としながら、よろよろと立ち上がった。ボックス席に着くと、彼女は例のごとく書類ごと抱えて席を移ってきた。安堂はもはや何も言わなかった。「そばに来ないでください」と言っても、聞き入れてもらえないに決まっているからだ。

「お久しぶりです」彼女はにこっと笑った。「三週間ぶりでしょうか」

頭のなかのカレンダーがぱらぱらとめくれた。「そうです。二月二十六日、三週間前のきょうと同じ月曜日にこの店で会いました」

「相変わらず、ダイアリーな人ですね」

「ダイアリー？　それ形容詞ですか」

「安堂さん専用の形容詞です。ぴったりでしょ？」と彼女は笑顔で言った。

人の笑顔の解読は依然、難しい。定型発達者のそれは嘲笑《ちょうしょう》を含むことが多いからだ。警戒心が膨らんでいく。笑顔を向けられたら、笑顔を返す。それがコミュニケーションの基本であることを学習し、実践を心がけてきたものの、笑顔どころか、頬のあたりがみるみる硬くなるのが自覚された。

「私、このお店をしょっちゅう仕事場に使ってるんです。最近、お見えにならないから食生活を変えたのかと思っていました」

「ええ、少しだけ食生活を変えてみました」安堂はにこりともせずに返した。不機嫌になったのではない。感情が何も表面に出て来ないだけなのだ。この二、三日、情緒を表に出すことが苦痛になっている。人とのコミュニケーションに疲れてきたのだろうか。

そんな思いにとらわれていたとき、脳が指令を発した。彼女に向かって話をしたい衝動が波のように押し寄せてきた。考える間もなく、「小野崎さん、私の話を聞いてもらえませんか」と口にしていた。

彼女は少しのけぞった。姿勢を元に戻すと、「いいですよ。でも、安堂さんが私に話をしたいなんて、めずらしいですね」と言った。

「めずらしい？」

「そうですよ。いったい、どうされたんですか」

どういう理由かと聞かれて、言葉が詰まった。衝動のわけが、自分でもわからなかったからだ。安堂は小さな混乱を脇に押しやり、脳の誘導に任せることにした。そわそわしながら、自分の口から次に出る言葉を待った。

「じつは私、やけどをしました。今朝のことです」

「えっ、どこを？」

「ここです」と安堂は言い、右の手のひらを向けた。そこにはいくつかの水ぶくれが筋のように連なっている。「フライパンを持っていて、鉄の熱い部分をじかに握っていたことに気づかなかったようです」

安堂がしばらくパロマに来なかった理由でもあった。今朝は早起きしてオニオングラタンスープを作るため、タマネギを炒《いた》めた。調理法通り、十分ほど炒めては火を止め、熱をさましてからまた炒める。その反復が心地よいと同時に、タマネギの色が少しずつ飴《あめ》色に変わるのを見るのが楽しみでしかたなかった。

透明感があって、光を受けてきらきらするものは子供の頃から大好きだ。落ち着くから、明るい気持ちになれるから、といった理由があるわけではない。ただ好きなだけだ。

だが、没頭しているうち、手袋状の鍋つかみを着けるのを忘れ、鉄の取っ手をじかに握ってしまったのだ。「フライパンが熱々になってから、何秒もの間気づかなかった。タマネギだけでなく、手のひらまで炒めてしまいました」

小野崎はぎょっとして顔をしかめた。「痛くないですか」

「痛いです。きょうは一日中、裁判の間もひりひりしていました」

「病院には行かなかったのですか？」

「年度末のこの時期、公判をキャンセルするわけには行きませんから」

彼女は裁判所の事情がよくわかっているらしく、ため息をつきながら大きくうなずいた。とりわけ民事訴訟は日程が混み合い、期日をずらせば二か月先までの延期を余儀なくされる。

「でも、安堂さん、どうして熱さに気づかなかったんですか。普通は『アッチッチ』とか言って、反射的にフライパンを放すものでしょう？」

安堂は首を横に振った。「そんな動作が、私にはできないことがあるんです。専門用語で感覚鈍麻といいます」

「感覚鈍麻？」

「何かに夢中になっているとき、たとえ危険があったとしても注意が向かなくなる。いわゆる不注意が感覚の世界にまで及ぶんです。私にはＡＳＤの特性があります。十歳の頃、診断を受けました」

彼女は黙って聞いていた。コーヒーが運ばれてきても手をつけなかった。そして、一度はテーブルに出した書類をばたばたとカバンに詰め始めた。

「安堂さん、ここを出ましょう。私の事務所はすぐそこです。救急箱くらいありますから」

2

小野崎の法律事務所は通りを挟んで県庁の真ん前、商工会議所の建物の三階にあった。なかは縦長のオフィスだった。窓側の奥に机が一つ。パラリーガルは雇わず、一人で業務をこなしていることがわかる。

本棚は法律書や判例集が十数冊並んでいる程度だった。調べ物はデータベースで間に合わせるのだろうか。代わりに本棚の空いたスペースには、パンダのぬいぐるみがちょこんと座っている。

部屋の主は「こんな狭い部屋でも、月の家賃が二十万円もするんですよ。だからといって、郊外の事務所では誰も看板に気づいてくれませんから」とぼやいた。

「弁護士会館に部屋を割り当てられているとばかり思っていました」

開業したての者が格安でオフィスを借りられるその施設は裁判所の裏手にあり、男性用トイレの小窓から見える。細かく部屋が区切られ、一見、病院の入院施設のような造りだ。

「申し込んだんですけど、却下されました。父が官僚のせいだと思います。この県では近い将来の有望な政治家候補ですから」

保守勢力の強い地方によくある傾向だが、弁護士会はいわゆる革新系、昔ながらの左翼シンパの人々にとっては砂漠のオアシスのような場所になっていることが多い。

「私はあまり歓迎されてないみたいです。ほんとうはセクハラとかパワハラとか、人権裁判に惹《ひ》かれるものがあるんですけど、若い頃に学生運動をやってたような人たちが親分格でいて、彼らのもとで修業してない弁護士は仲間に入れてもらえません」

「保守的ですね。革新という言葉がわからなくなる」

「でしょ？　かといって、偉そうなことは言えない。私の顧問先は親に紹介してもらった企業や学校ですから……でも、ほんというと、月々の顧問料はもらってません」

これには少し驚いた。「辞退したんですか？」

「はい、顧問を引き受ける条件にしました」

「どんな事務所も、顧問収入は経営の土台でしょうに。でも、なぜなのですか」

「単純なことですよ。一日も早く、いっぱしの弁護士になりたいからです。自分で自分を鍛えることをしてみたい。名前を売って、仕事がどんどん舞い込む弁護士になるのが目標です。東京で挫折《ざせつ》したことが悔しくって……」

　彼女はそう言いながら本棚のパンダの前を横切ると、机の下に潜り込み、「あった」と言って救急箱を取りだした。

「さあ、立ってないで座ってください」

「はい」安堂は促されるままソファに腰を沈めた。やけどした右の手のひらを差し出すと、彼女は「染みますよ」と言って消毒液をかけた。水ぶくれの破れた部分から、それは入り込み、皮膚の下の神経にピリピリした痛みを与えた。

　思わず顔をしかめた。

「この痛みは感じるんですね」

「はい、瞬間的に感じます。何かにとらわれず、痛みに耐えることを脳が準備するからだと思います」

「脳ですか？」

「はい、それが私の体の支配者です。この体を操っているのは私ではないのです」

彼女は独特の言い回しが意外にもすんなり理解できたようだった。

包帯を巻きながら、「発達障害の方は脳の機能が定型発達者とはちがうそうですね」と言った。ハッとする安堂の顔をちらりとうかがい、「じつは私、まあまあ詳しいんです。安堂さんも、もしかしたらそうかなあと思ってました」

「わかりますか」

「受け答えがちぐはぐなことがあるし、うっかりの忘れ物も多いみたいだし」

そういえばと安堂は思い出した。彼女と初めて会った柿の赤々と実る畑で、自分はジャージに革靴というちぐはぐなファッションを見られていた。

「東京の事務所にいた頃、ある著名人のご子息を担当したんです。学校が特別支援学級に入れようとして親が拒否し、私が交渉の代理人を務めました」

「どんなお子さんだったのですか」

「ＡＳＤの特性の濃い小学四年の男の子です。クラスメートとのコミュニケーションがうまく行かず、ケンカばかりして、学校は通常の学級から離すことにしたというケースでした。私が名刺を差し出すと、裁判を恐れたのか、すぐに元の学級に戻しました。それがほんとうに男の子のためだったかどうか」

「親はなぜ、嫌がったのですか」

「子供を周囲に偏見を持たれる環境に置きたくない、差別は許さないという姿勢です」

「差別ですか」

「はい、私も不承不承、その主張を学校に伝えました。そもそも親のほうに偏見があるんでしょうね。社会から弾《はじ》かれてしまったと考えるようです」

「その子はどうなりましたか」

「あるとき、女の子をたたいてしまって……越境して通わせる親も多い区立の名門校なんですけど、転校することになりました。代理人の仕事って、難しいなあと思います。その場しのぎの利害調整に終わってしまう」

「こういう言い方は適切ではないかもしれませんが、私は周囲とのちがいを感じたとき、自分は土星から来たと思うことにしています」

「土星？」

「ええ、私は土星人です」

「でも、なぜ火星や水星ではなくて、土星なんですか」

「自転のスピードです。土星は一日が約十時間、昼は五時間で終わってしまう。それに比べると、地球の時間はゆったり流れすぎている。だから私は、そわそわしたり、落ち着きをなくしたりするのだと思うのです」

「なるほど、地球の時間が合わないんですね」

「そういうことです。だけど、地球人とうまく付き合わないと生きていけない。一種の開き直りでしょうか。私はそう思うようになって、学習する気力が持てるようになりました」

「学習ですか」

「はい、勉強のことではありません。コミュニケーションの学習です。ＡＳＤの場合、周囲の人と同じ情報を受け取っていても、脳が異なる捉《とら》え方をすることがある。ちょっと間があきますが、言葉をかけられたときはすぐに反応せず、地球人的なベストな反応を探すんです。そのために人間の複雑な内面を描く小説をいろいろ読みました」

「それはなかなか労力がいりそうですね」

「正直、疲れ切ることがあります。あっ、それはそれとして、私は感謝しています。この手の包帯のことです」安堂はそう前置きし、「ありがとうございます」と声を強めて言った。

「なるほど、お気持ちが十分伝わります」

「そう言ってもらえると、安心します。顔つきや態度で感謝の気持ちを伝えるのはほんとうに苦手なものですから」

「つまり『何だ、よけいなお世話なんだよ』とか言って、照れ隠ししたりすることは無理なんですね」

「そう、まさにそれです。地球の人はほんとうに多種多様な表現方法を持っています。一つの言葉のなかに、照れとか、感謝の念とか、二つも三つも感情を入れることができるようですね。私は今まで見た映画のなかで、『寅《とら》さん』がもっとも難解でした。彼やその家族は怒っている顔で相手を心配したり、笑っている顔で悲しんでいたり、解読するのがじつに難しい」

　そのときだった。事務所の呼び鈴がピンポンと鳴った。

「どなたでしょう。来客の予定なんてないのに」

　ドアを開けると、初老の男性がひとり立っていた。旅支度なのか、手にはボストンバッグをぶらさげている。依頼人だろうか。安堂は辞去しようとしたが、遅かった。

　男は安堂に気づくと首をかしげ、恐る恐る口にした。

「えーっと、あなたは判事さんではないですか？」

「いえ、特例判事補です」

　特性に引っ張られ、何も考えないまま場にふさわしくない受け答えをしてしまった。予想の難しい不意の質問には、思考する前に言葉が出てしまうことが多い。

　小野崎が「安堂さん、今はそれを言う場面ではないんです」と間に割って入った。彼女は男を部屋に招き入れると、安堂に改めて紹介した。

「こちらは羽《は》鳥《とり》賢一《けんいち》さんです。きょう法テラスに相談に来られ、私がお話を聞きました」

　法テラスとは弁護士が国の助成を受けて実施している無料の法律相談だ。名刺の住所を頼りに訪ねてきたのだろう。

　羽鳥は「すみません。いずれ、相談におうかがいしようと思い、事務所の場所だけ見るつもりで来たのですが、窓に明かりが見えたものですから……ついアポイントもなく訪ねてしまいました」と非礼を詫《わ》びた。

「いいんですよ、気になさらないでください」彼女はそう言うと、思い出したように安堂への紹介の続きを始めた。

「羽鳥さんは娘さんを事故で亡くされて、広島から来られてます」

「そうですか、私は安堂清春と申します。娘さんはたいへん気の毒です」と、事情を聞かぬまままあいさつをやり直した。


事故？　安堂はただちに、最近読んだ新聞のページを頭のなかでめくった。ただ、羽鳥という名はそこにない。

「羽鳥さんはどうして私が特例……いや、裁判官であることをご存じなのでしょうか？」

「きょう裁判所で民事の訴訟資料を探したんです。受付でデータベースを検索してもらっていたとき、法服を着たあなたをお見かけしました」


安堂は納得した。書記官が猫の手も借りたそうに忙しくしていたため、被告関連の過去の裁判記録を自分で取りに行ったのだ。


判事と特例判事補のちがいを説明したい衝動が脳の奥底からわき起こりそうだが、勢いづく前に何とか押しとどめた。

「どんな資料を探しておられたのですか」と小野崎が聞いた。

「娘が、ＩＴエンジニアをしていたことはもう話しましたね。以前に仕事をもらっていた会社のトラブルを調べていたんです。約束の半分の金額しかもらえないと娘がこぼしていたことがあったものですから」

「何か見つかったのですか」

「いえ、素人の思いつきでした。何も見つかりませんでした」

「警察にも行くとおっしゃってましたが、そちらはどうでしたか」

「刑事さんと会って、不審な点についていろいろ話してきました」

羽鳥はそこで言葉を切った。わずかながら困惑の色を目のふちによぎらせていた。小野崎は察したものの、安堂は何も感じていない。「裁判官の方がいる席で、話をしてもいいのでしょうか」

すると、彼女は平然と返した。「安堂さんの立場がご心配なら大丈夫です。この方は特別なところのある裁判官ですから」

特別なところ？——答えになっていないことくらい安堂にもわかったが、羽鳥はいくらか安心したようだった。

彼はぽつりと言った。「やはり、娘は誰かに殺されたと思います」

3

一日の最後の法廷を終え、裁判官室への階段を上っていたとき、ふいに娘を亡くした父親が思い出された。彼の表情と言葉で頭がいっぱいになった。

〝娘は誰かに殺されたと思います〟

いま思い出しても、羽鳥の目が湖のように澄んでいるように思えた。怒りや疑いを持つ人の目はつり上がったり、黒目がぎらっとしたり……。地球人の表情はそう見えなければいけないはずだが、安堂には透明な水をその目にたたえているように見えたのだ。脳は自分に何を感じさせようとしているのか、考えるほどわからない。

階段の踊り場にさしかかったとき、足元の床が急に一段下がった。娘を亡くした父親の目にとらわれていたせいだ。上るつもりで動いた右足が宙を泳ぎ、裁判資料を持ったまま前のめりに倒れた。顎《あご》の辺りを床にしたたかに打ちつけ、「うっ！」とうめいた。

しかし、痛みはやって来なかった。またも感覚鈍麻だ。まだ、きのうの父親の姿が頭に浮かんでいる。その情景が患部からの信号を拒否しているとしか思えなかった。しばらく突っ伏したままの姿勢でいた。

「安堂さん！」

後ろを歩いていた落合だ。うつぶせの体の真上から、驚きに満ちる声が響いてきた。

「安堂さん、安堂さん？　聞こえますか？」

「聞こえます」と、床に頬をつけたまま答えた。ゆっくりと立ち上がり、法服のほこりを払いながら、「転んじゃったよ」と言って笑って見せた。子供の頃から転倒することは多く、こんな時の態度は心得ている。

「でも、血が」

「えっ、血？」

「唇が切れてますよ」彼は心配顔でそう言うと、法服の内側に手を入れ、ポケットティッシュを差し出した。

「ありがとう」安堂はそれで血をぬぐいながら、「ほんとだ、血が出てる」と驚いたふりをした。だがほんとうはまだ娘を亡くした父親の顔が浮かんでいて、思考は彼の澄んだまなざしにとらわれたままだった。

　落合に気をつかわれながら裁判官室に戻ると、夕陽が窓から差し込んでいた。逆光になった門倉の顔がいくぶん険しさを漂わせている。毎日のように見る顔が少しちがっていると、表情を読むのが苦手な安堂にもわかりやすいのだ。

　門倉はいつものように「電気代を庶務が気にしてる。残業なんかしないで、さっさと帰ろう」などとは言わなかった。「緊急会議だ」と声を潜め、奥の小部屋を指さした。裁判官室はよく声が響く。判決を決める際など、他の判事らに聞かせられない話をするときに使う部屋だ。安堂は法服を脱ぐ間もなかった。狭い部屋の椅子に腰を下ろして初めて、黒い生地の上に血がはねているのに気づいた。

総括判事は深く腕組みをして、緊急会議のわけを明かした。「ルークの事件がおれたちのところに来るんだよ」

ルークと称する日本人がフィリピンの収容所から「闇バイト」と称して若者らを雇い、強盗を働かせていた広域強盗事件である。

落合は「やっぱり、そうですか」と冷静に返しながら、語尾に力がこもっていた。全国に名が轟《とどろ》く事件の審理を託されるとあらば、裁判官なら誰しも気負うところである。

安堂は何も言わない代わり、報道で知ったあれこれを頭に浮かべていた。

北は仙台《せんだい》、東京、神奈川、大阪、広島と場所を選ばず、Ｙ市で九月下旬に発生した事件が最後だった。しかも、もっとも西になる。被害者は独り暮らしの高齢の資産家女性であった。八十二歳。奪われた金は六千万円にのぼっていた。

金庫のダイヤル番号を聞き出すために拷問され、重傷を負って入院している。命に別状はないものの、被害額を口にするのがやっとで、県警が犯人について証言を取るのはおぼつかない状況だという。

ただし県警は、強奪した金の運び役とされる若い男二人を逮捕していた。いずれも十八歳、定時制高校の三年生であった。そこが一般の事件とかなり扱いの異なるところだった。少年法との絡みで、微妙な問題が横たわるのだ。

落合が確かめるように、「われわれが扱うということは、家庭裁判所が刑事処分相当と判断し、検察への逆送致を決めたということですよね」と聞いた。

門倉は「もちろんだ。家裁が戻した事件を検察が起訴する。さっき所長から呼ばれて、刑事公判のスケジュールを聞かれたんだ。がらがらだって、言うしかなかったけどよ」

成人年齢が二十歳から十八歳に引き下げられたのは二年前である。ただし少年法では、刑事罰の厳格な適用を十八歳に引き下げる改正は行われなかった。

十八歳と十九歳については、「特定少年」という新たな枠が設けられた。家裁が重大事件とみなした場合は「特定少年」として少年法の庇護《ひご》は受けない。起訴手続きの段階で名前が公表され、大人と同じように裁かれる。

「それにしても、所長は何で門倉さんをわざわざ呼ぶんですかね?」と落合が聞いた。判事の資格はあっても、所長でいる間は行政官の立場にいる者が司法に介入することを懸念しての質問だ。

「たぶん緊張して、何か言わずにはいられないんだろう。国会でも警察庁長官ばかりか、総理までもが答弁をして、国民に全面解決をお約束した事件だからな」門倉は我が意を得たりとばかりに、小役人てえのはそんなもんだと鼻で笑った。

ルークの本名は、玉井《たまい》道久《みちひさ》といった。警視庁が去年の暮れにフィリピンから連れ帰り、事件ごとに地方の県警と捜査態勢を築き、再逮捕を繰り返してきた。Y市の事件は玉井の逮捕の直前に起こり、一連の捜査をしめくくる大団円になりそうだった。もし立件できなければ、Y県警にとっては末代までの恥になる。

　ところが、捜査は順調ではなかった。警視庁からの派遣人員を含め、数十人態勢で取りかかったものの、実行犯と金を回収した者の手がかりはまったく得られていなかった。

　その者たちを捕まえないことにはルークまで捜査の手は伸びない。警視庁や他の県警が立件した事件でも、ルークは実行役、運搬役、回収役の三つに闇バイトの者を振り分け、犯行に及んでいた。Y県警の場合、三つのうちではもっとも犯情の軽い運搬役しか捕まえられていないわけだ。

　報道によれば、二人は警察の取り調べに「バッグを運ぶだけで十万円くれる『闇バイト』に応募した」と供述していた。実行犯との連絡には使い捨て携帯を用いたとされ、二人はそれを川に投げ込んでいた。事件直後の五か月以上前のことだ。捜索で見つかったとしても、機能の回復は困難だろう。

　安堂は論点を整理するつもりで聞いた。「訴因は強盗致傷になるのでしょうか」

「おっ、やっぱり、きみもそこを疑問に思うか」

「ええ、重罪では有期刑を免れない。十八歳で定時制高校の三年生だということが気になります。刑務所に行くのと少年院に行くのとでは、人生が変わる」

「しかも、実行犯は捕まっていない。犯罪を指示した玉井自身や暴行に及んだ者が裁かれないのに、十万円だけもらった少年を裁くことになる。来栖《くるす》さん、悩んだでしょうね」落合は家裁の判事の名を口にした。

「きみ、彼女と知り合いなのか」

「ええ、ぼくの司法研修所時代の教官です。こっちに赴任してから、たまに食事をご一緒しています」

門倉は「それは残念だな。おれなら、逆送にはもうちょっと足踏みするところだ。事件は許せないが、だって彼らは金を運んだだけだろう？　おれには来栖氏が難航する捜査の手助けをしたように見えるよ。政治的判断なんじゃないか」と言った。

落合が言い返した。「それはうがち過ぎだと思います。確かに家裁が少年審判に付すことを決めれば、警察や検察は取り調べがしにくくなると思いますが、来栖さんはそこに配慮したわけではないと思います」

「強盗だと知りながら、闇バイトに応募したかどうかもわからないんだぞ」

「知ってた可能性だってあります。今はとぼけているだけかもしれない」

議論が熱を帯びてきた。安堂はただ二人をきょろきょろ見回すだけになっていた。こうして人が熱くなるのは、考えが衝突するからなのか、思いがぶつかり合うからなのか。そんな疑問が頭を通り過ぎたとき、ふとさみしくなった。自分が話に加われないのは、生まれつき感情というものが足りないせいではないかと。

「落合くん、きみも、少年だろうが子供だろうが、厳しく刑事訴追すれば、世の中の犯罪が減ると思う厳罰主義者なのかね」

「ちがいます。ぼくだって、十八歳か十七歳かの線引きで、法適用が変わることには納得していません」

「なあ、そうだろう。世間は強盗憎しで裁判所の判断なんか気にしちゃいない。おれたちが少年法の何たるかを考えないでどうするんだ？」

「だけど……」

「だけど、何だよ……」

二人の議論がふいに止まった。安堂は四つの目が自分を凝視していることに気づいた。

「私の顔に何かついてますか」

門倉が言った。「ついてる。唇だよ、唇……」

指で触れてみると、上唇が鼻下を隠すほどに腫《は》れ上がっていた。

繁華街の奥に公立の救急センターがある。会議は打ち切られ、安堂はそこまで腫れぼったい唇を手で隠しながら歩き、治療を受けた。絆創膏《ばんそうこう》を貼られ、炎症止めの薬を処方された。

看護師から絆創膏を貼られている間、どうしたのかと聞かれ、廊下で転んだのだと話した。すると彼女は、安堂がひざの上に置いた包帯を巻いた手をまじまじと見た。「そちらの手はだいじょうぶなんですか」と質問を変えてきた。

安堂はどこかのほほんとして、「この包帯の下はやけどです。転んだこととは関係ありません」と答えた。

「だけど、転んだ人は手も一緒にけがをするんですよ。皮膚をすりむいたり、手首をひねったりして痛むことがあります」

「ああ、なるほど、地面に手をつこうとするからですね。それは理にかなっています。たいへん勉強になります」と、安堂は謝意を込めて笑みを作った。

ところが、看護師は笑みを返してくれなかった。目を大きく見開いて、「あなた、転んだのはほんとうですか」と疑いの目を向けてきたのだった。

看護師が手のけがの話をしたのは、ケンカを疑ったせいだ。処方薬局で待たされている間、かみ合わない会話を恥じた。理にかなう。勉強になる……彼女の顔つきや口ぶりから意図がくみ取れず、まさに異星人の受け答えをしてしまった。どうも、きょうは調子が悪い。

取り返しのつかない失敗ではないが、重苦しいものを胸の内に覚えた。この感情は悲しみだ。なぜか、やけどをしたときよりも、転んで顔を打ったときよりも、悲しい。

春とはいえ、盆地の夕方に吹く風はまだ冷たい。首筋に寒けを感じたとき、そわそわがやってきた。ただ、手や足が動き出したり、走り出したりする衝動ではなかった。携帯を取りだし、小野崎にかけた。呼び出し音が二回したあと、彼女の声が聞こえた。

「安堂です」

「安堂さん？」

「はい、安堂です」

「ほんとうに安堂さんですか？」

「そうです。ほんとうの安堂です」

「その声は安堂さんですよね？」

「そうです。声も安堂です」

　そこまで特性の濃く出た言葉のキャッチボールを続けたあと、ようやく対話のしかたを誤ったことに気づいた。

　こんなときは、何度言えばわかるのですか、あるいは、声でわかりませんか、といったやり取りが地球では一般的なのだ。自分が興奮気味のとき、往々にして積み重ねてきた学習が生かせないことがある。

「ごめんなさい。安堂さんが電話くれるなんて、思ってもみなかったものですから、失礼しました」

「こちらこそ、突然の電話で失礼しました」

「あらっ、それでどうしましたか」

「羽鳥さんに会いたいんです。あのお父さんに」

「彼なら、まだ娘さんの部屋にいると思いますけど……」

「よかったら、案内してもらえませんか。私はそこに行きたい。娘さんの亡くなった部屋を見てみたいんです」

「えっ、部屋を見るんですか。それって安堂さん、何か変ですよ」

「私が変なことは誰よりも知っています」

「わかってるんですか。裁判所の仕事ではありませんよ。警察か、もしくは探偵がやるような調査です」

「わかってます。私は娘さんの死の原因を調べたいんです」

「調べたい？　えーっと、えーっと、あのう、安堂さんがですか？」

「今二つの質問をしましたね。二つとも『はい』です」

「もしかして、脳に命令されていませんか」

そう聞かれて、安堂は微妙な答え方をした。

「自分でもよくわからないのですが、とにかく羽鳥さんに会いたいのです」

しばし沈黙が訪れたあとで、小野崎は「かまわないと思います」と言った。

安堂の額の先に、父親の像が浮かんでいた。録画の再生機能が壊れたように、彼は〝娘は誰かに殺されたと思います〃と繰り返し訴えかけてくるのだった。

4

羽鳥の娘は、朋世《ともよ》といった。

彼女の借りた部屋は、緑をつけ始めたイチョウ並木が季節を告げる「パークロード」沿いのタワーマンションにあった。安堂が官庁街へと歩む日々の通勤路でもある。

小野崎に教えられて中層階の朋世の部屋を見上げたとき、故人とは一度ならず、すれ違ったはずだと思った。

父親の近況はきのうの夜、彼女の事務所で聞いていた。広島に家があり、仕事はオフィス用品販売会社の支店の営業マンだという。五十五歳で役職定年して部長の任を解かれたそうで、安堂は肩書きのない一社員の名刺を受け取った。

妻は朋世が大学に通っていた当時に癌で亡くしていた。「管理職の重圧がなくなり、肩の荷を下ろして今後の人生を考える矢先の娘との別れでした。私はひとりぼっちです。だけど、さみしいから、娘の死の真相にこだわっているのではありません」

彼は詳しいことは話さず、娘が暮らした部屋を見てもらえばわかると言ったのだった。

安堂は羽鳥の声を再生しながらインターホンを押した。娘を秋に亡くしたあと、彼は何か月も部屋を借りたままにしていた。広島からまめに足を運び、朋世の生前のようすを調べてきたという。

玄関から通されると、そこは３ＬＤＫのゆったりした間取りだった。小野崎はきょろきょろして、自分の仕事場の狭さと見比べていた。

安堂はまず、朋世の経済状況を聞くことから始めた。

「収入ですか？　去年は申告所得が一千万円ほどありました」

「お若いのに、かなりの収入ですね」

「いえいえ、最近ようやく様になってきたところです。娘は二十八歳でしたが、稼ぐ人は何千万円も収入があるそうです」

朋世はＩＴエンジニアと呼ばれる職に就いていた。リビングにつながる洋間にはデスクトップ式のパソコン計五台が連なり、大型のモニターが壁を埋めていた。「大手のセキュリティー会社から、サイバー防御のシステム構築を請け負っていました」

そういえば、海外のハッカー集団がシステムを乗っ取り、身代金を要求される事件を近年よく耳にする。

「被害があると、システムの診断をして対策を立てる仕事です。エンジニアであり、相談にも乗るのだそうです。それと、ネット関係の犯罪を防止するボランティアもしていました」

「ボランティアというと？」

「特殊詐欺ですよ。銀行でビラを配ったり、市民向けの講習会の手伝いをしたり、この部屋から出て外で活動する機会も多かったようです」

「どんなサークルなんですか」

「サークル？　ああ、じつは有志の集まりなんてものではなくて、県の防犯協会が音頭をとって啓発事業を始めたんです」

「防犯協会というと、県警が組織する団体のことですね」

「ええ、私の会社も会費を払ってます。相手が特殊詐欺ということだから、ネット関係の企業が人材を供出してチームを作ったようですね。朋世はフリーですが、クライアントから頼まれて参加したと聞いてます」

　小野崎が「まあ！」とやや高い声を上げた。「自分のところの社員ではなくて、下請けをしていた朋世さんに押しつけたんですね」

「それがそのう、娘は最初はしぶしぶだったようですが、講習に来るお年寄りと仲よくしたりで、けっこう楽しんでいたんですよ」

　朋世はＹ大学の工学部在学中に才能を発揮し始めた。プログラミングのコンテストで優勝し、アルバイトのつもりで個人で始めた仕事がだんだんと膨らんでいったという。

「私の会社はパソコンなどのＩＴ機材を企業にリースしています。朋世が五歳のとき、私は廃棄予定のデスクトップを家に持ち帰りました。娘はそれで遊び始めたのです。友達ともあまり遊ばず、家に閉じこもるパソコンおたくになってしまった。ずいぶん心配しましたが、こうして自分だけの城を持てた」

羽鳥はそう言うと、うつろな目で娘の部屋を見渡した。

小野崎が言った。「かなりの過労状態だったというのが警察の見方のようですね」

羽鳥はハッとした顔をした。「警察に行っていただいたのですか」

「ええ、刑事課で話を聞いてきました。遺体検案書の写しももらってあります」

彼女がわざと異なる呼び方をしたのがわかった。正確な用語としては「死体検案書」だ。遺族を気遣ってのことだろう。

「朋世さんが倒れていた場所を見せてもらえますか」

「では、こちらにどうぞ」羽鳥はそう言って、洗面台のあるスペースに客をいざなった。

そこは三畳ほどの広さがあり、間取り図では「脱衣所」と表記される場所だ。洗濯機と洗面台が並び、ユニットバスが併設されている。扉は開けたままになっていて、奥にバスタブがのぞいている。手前に洗面器と浴用の椅子が並んで置かれていた。

それを見たとき、安堂はまずいと思った。頭のなかに、うにょうにょと動きだすものを感じた。ほぼ正方形の椅子と丸い洗面器が並んでいると、直線と曲線の関係性が気になって仕方なくなるのだ。

「小野崎さん、お願いがあります。この場所をつぶさに撮影しておいてください。特に椅子と洗面器は動画で三百六十度から撮ってください」

「これと、これですか」と、椅子と洗面器をそれぞれ指さした。ただ、その顔には理解に苦しむような表情が張り付く。

直線と曲線の関係性が気になり始めると、ほかのことに集中できなくなる特性が安堂にはあった。山路医師が言うところの〝その場に不必要なこだわり〟である。

安堂は一つ深呼吸し、自分を落ち着かせた。そして、朋世が転んで頭を打ったという脱衣所と浴室を仕切る角材に目を留めた。

検案書には、ここを訪ねる前に目を通していた。安堂はしゃがんで角材に触れ、指先から信号を送りその硬さを脳の記憶に刻んだ。

羽鳥は言った。「血を拭《ふ》き取った以外は全部そのままにしてあります」

洗面台の鏡の横の棚に、処方された睡眠剤が置かれていた。四錠分の包装の塩化ビニルが、そのまま捨てずに置かれていた。

「朋世は転ぶ直前に、本来なら二錠のところを四錠飲んだようです」と力なく口にした。

それが警察の事故死という見方につながっている。不眠と睡眠剤の二倍の摂取で足元がふらつき、転んで頭を打ったというものだ。検案書によると、手首の骨の部分の上皮に打ち身が見つかっている。床に手をつこうとしたことがうかがえる。

検案書は死因を失血死とみなしていた。意識を失い、発見する者もいない間に血が流れ続けたとみられている。さらに空気に触れたその血の固まり具合から、死亡時刻は「転倒から三〜四時間後」と推定されていた。

安堂は警察の所見に何の疑問も感じなかった。「羽鳥さん、あなたが事故死ではないと思うのはなぜなのですか?」と率直に聞いた。

「はい、じつはこれなんです。娘の体の下にあったものです」と、彼は一台のスマートフォンを差し出した。

「娘さんのものですね」

「はい、間違いありません。電話の発信記録を見たところ、ちょうど転倒した時刻あたりに一一〇番に電話しているんです」

「あらっ、そのことは署員は何も言ってなかったわ。事件性が疑われる事実ですね」と、小野崎が不服そうに言った。

「それが警察はまったく相手にしてくれないんです。一応、娘の助けを呼ぶ声が残っていなかったかどうか、通信司令室というところに確認してもらったのですが、何も言わずにすぐに切れたことがわかりました」

「何も言わずに切れた?」

「ええ、何も……数秒間の録音が残ってました。電話は娘の携帯から切られています」

安堂が言った。「確かに一一〇番は警察の方からは切らない規則になっています。数秒で切れたということは、朋世さんが倒れ、体の下に携帯が落ちたとき、電源のボタンが働いた可能性がある」

「私もそう考えました。しかし警察は一一九番と間違えたのではと言うのです。警察と救急のかけ間違いは日常茶飯事なんだそうです」

そして羽鳥は「そこが私には最も納得できないところなんです。それにはもう一つ、見てもらいたい部屋があります」。そう言うと、リビングの隣の部屋に二人を案内した。

安堂は室内を飾るそれらを見た瞬間、「これが朋世さんの趣味ですか」と聞かずにはいられなかった。

「はい、趣味というか、朋世は『推し』と言ってましたが」

壁や棚を救急車の写真や模型が所狭しと埋めていた。

「あの子は撮り鉄ならぬ、撮り救なんです」

「はあ、撮り救ですか」と小野崎がなぞった。

「全国の消防署を訪ね歩いて救急車の写真を撮り、ネットで集まった同じ趣味の仲間と論評し合う。それが娘の夢中になっていたことです」

「何がきっかけで?」と彼女が聞いた。

「幼い頃に救急救命士に命を助けてもらったことがある……」

「そうなんですか」

「いえ、今のは朋世がよく言っていた冗談です。もう一つ娘の言葉を借りれば、『推し』に理由はいらないそうです。だが、こうして並んだ写真を見てみると、一つとして同じデザインのものがない。赤い線や救急マーク、サイレンの位置などがちがっている。似たような形をしていても、車種が異なる場合もある」

安堂は、すこしのちがいのある何かが並ぶことを楽しむ感覚に親近感を覚えずにいられなかった。朋世のコレクションに心を空にして、いつまでも見とれていた。

「何ぼんやりしているんですか」小野崎の声がした。

「……私ですか」

「はい、ほかに誰がいます？」

安堂は我に返った。「すみません、朋世さんが誤って一一〇番にかけたという話でしたね」

羽鳥は落ち着いた口調で言った。「娘が一一九番にかけようとして、一一〇番するなんてことはあるはずがないんです。娘は『救急車に乗ってみたい』とよく言っていました。私は『親の気持ちになれ、バカを言うんじゃない』と返したものです」

だから、部屋に謎の訪問者がいて、娘の身に危険が迫ったにちがいないと、羽鳥は語気を強めた。

検案書の死亡推定時刻から逆算すれば、朋世が転倒したのは十月三日の深夜帯ということになる。安堂は聞いた。「夜遅くに目撃された不審な人物がいるのですか」

「いいえ」と彼は首を横に振った。「まだ見つかっていません。インターホンの画像には誰も写っていなかった」

「エレベーターのカメラはどうなんですか」と小野崎が聞いた。

「ここは分譲が多くて、住人の反対でエレベーターを含めて建物内にはカメラが一台も設置されていないのです。プライバシーに敏感になって、最近ではそんなマンションが多いんだそうですね」

「なるほど……ということは、外にはあるということですね」

「はい、おっしゃる通りです」と羽鳥は力なく答えた。「管理人さんからビデオの録画をもらいました。エントランスのものです。しかし、死亡推定時刻の前後にはトラックが一台通り過ぎただけで誰も映っていません」

このビデオを見て、話もあらかた済んで部屋を出ようとしたとき、羽鳥は追いすがるように二人を呼び止めた。自信のないときに、人はうつむく。彼はこう言ったのだった。「ノートパソコンが一台、無くなっているような気がするのです」

「気がするとは？」

「私は記憶力がいいほうではありません。ですが、以前この部屋を訪れたとき、娘がノートパソコンを開いて、友人としゃべりながらオンラインゲームに興じていたことを覚えています。そのパソコンが臙脂《えんじ》色だったような……それが、この部屋には見あたらないんです」

「盗まれた可能性があるということですね」

「はい、どうか、気に留めていただけないかと思いまして……」しつこく引き留めたことを恥じたのか、羽鳥は申し訳なさそうに顔をしかめた。

朋世の部屋を辞去したあと、安堂と小野崎はエレベーターを使わず、非常階段で下まで下りた。

「階段にはカメラがないようですね」と安堂が言うと、小野崎は何も答えなかった。ややあって、意気消沈したように言った。

「残念ですけど、私は羽鳥さんの考えに賛同できません。どんなに救急車が好きでも、倒れて頭を打ったときのことですから、指先の間違いは起こりえます」

「確かに、そうですね。同感です。それに……」安堂はひと呼吸置いて論点を整理した。「インターホンに誰も写っていない。消した形跡もない。外の防犯カメラしかりです。トラックはスピードを出していて、その陰を利用してエントランスに侵入するのは無理でしょう。ノートパソコンが無くなっていることは気になりますが、修理に出しているとか、いろいろな可能性があるでしょう。つまり、部屋には誰もいなかった」

「そうですよね、もし羽鳥さんが言うように朋世さんが殺されたなら、密室殺人ということになります」

このあと夜の歩道を黙々と歩いた。しばらくして、小野崎は思いだしたように顔を上げた。

「私、羽鳥さんは娘さんの死が受け入れられないんだと思うんです。彼女が五歳のとき、会社から廃棄予定のパソコンを家に持って帰ったことを話していましたね」

「ええ、話してました。彼女がプログラミングに親しむきっかけになったと」

「羽鳥さんのあのときの顔が、とても悲しそうだったんです」

人の表情を読むのが苦手な安堂には気づけないことだった。

「あれは思い出話じゃない。羽鳥さんはたぶん、自分が会社からパソコンを持ち帰ったがために、朋世さんが死んだと自分を責めているのだと思います。不眠になるほど忙しく、ストレスの強い仕事につくきっかけを作ったわけですから」

安堂は深くうなずき、「悲しいですね」と言った。羽鳥はいわゆる喪失の五段階、もっとも初期に直面する「否認」の段階にあるのだろう。「受容」——彼の心が朋世の死を受け入れられるまで、どれほど時間がかかるのか。

彼女はフーッとため息をついた。「私は弁護士としては、羽鳥さんの役には立てないようです。でも……」

しばし黙ったあと、気持ちを固めた顔を安堂に向けてきた。

「私、しばらくは羽鳥さんの謎の訪問者探しに付き合おうと思います」

「事件性がなくてもですか？」

「はい、続けます」

喪失に苦しみ、正気を失いかけている父親が次のステップに進めるよう、手伝いをすると言いたいのだろう。

安堂は「それで、いいと思いますよ」とうなずいて見せた。

5

裁判所の裏に、テニスコートほどの大きさの空き地がある。じつはまさに、昔はテニスコートとして使われていたそうだ。

安堂はＹ地裁に赴任してまもなく、ベテランの書記官からいきさつを聞いた。公務員の余暇施設へ厳しい目が注がれ、二十年ほど前に閉鎖したものの、使い道がないのだという。「ベンチがまだ一つ置いてあります。昼寝にはもってこいですよ」

実践したことはないが、たまに昼食時に使っている。ケチャップをぬって挟んだだけのサンドイッチを人の目を気にせず、食べられるからだ。東京地裁にいた頃は、「ケチャップサンド」を毎日弁当に持ってくる判事補がいるとウワサになった。偏食や味覚の特性を隠したいわけではないが、なぜそれほどケチャップが好きなのかと聞かれると、答えに窮してしまうのだ。地球人ではないから、と説明しても理解は得られないだろう。

アルミホイルに包んだそれを半分ほど口に入れたとき、人影が建物の横から出てきた。検察官の古川だ。

「よう」と右手を挙げ、「どうだ、おれのレシピは？」と聞いてきた。彼は安堂が昼時にここにいることがあると知って、時々訪ねてくる。二週間ほど前、偏食であることを知られた。

「何だ、苺《いちご》のジャムをぬってるんだと思ったよ。こりゃあ、ケチャップじゃないか。よくそんなもん食えるな」

偏食を直したいのだと打ち明けると、「たぶん、これがいい」と言って、メモ用紙にスープの材料と作り方をさらさら書いてくれた。その通りにやって、炒めたタマネギが鍋底《なべぞこ》に沈みきると、きらきらと金色に輝くスープが出来上がった。安堂は感謝を込めて、「古川さんのレシピ、最高です」と言った。

だが古川は怪《け》訝《げん》な顔をした。「礼を言うなら、もっとうれしそうな顔をしろよ」

そうだ、こんなとき、地球人はほほ笑みを向けるのだ。

「こんな顔ですか」遅ればせながら、やってみると、古川は「なんか、不自然だな」と言って笑った。

安堂にはもう一つ、古川に感謝していることがあった。そわそわがやってきたとき、意識してタマネギをサクサク刻んでいるようすを思い浮かべると、衝動が静まるのだ。机ツンツンや貧乏揺すりも、最小限に抑えられている。ところが、代わりにＡＳＤの影響を強く感じるようにもなっていた。たぶん古川には、礼を言うときの顔がむっつりして見えたのだろう。

ふと彼を見ると、難しい顔つきになっていた。法壇からよく見かける表情だ。

「安堂さん、あんたはおもしろいよ。だけど、おもしろいと思わない人間も増やしちまったな」

「彼らに質問した件ですか」

「おう、そうだ、質問の一件だよ」

強盗事件にかかわった二人の「特定少年」が起訴されたあと、検察から勾留《こうりゅう》状が請求された。そのとき、安堂は裁判所に彼らを呼んで話を聞いたのだ。

「おれだって、びっくりしたよ。裁判所がやんなくてもいいことを、わざわざやった」

勾留質問は少年の逮捕時に一回行っているため、起訴後の勾留に当たってもそれで済んだことになっている。強盗や殺人など法定刑の重い事件に関しては、検事から請求があれば、逃亡の恐れや裁判に出廷しない可能性を踏まえて、ただちに勾留を認めるのが通例だ。

安堂は「今回の場合、強盗の実行犯ではない少年たちです。しかも十八歳になったばかりで、警察の留置施設に入れて取り調べを続けていいものかどうか、私の目で判断したいと思いました」と説明した。

警察の留置施設は「代用監獄」と呼ばれていた。拘置所が満員で、警察の施設を代わりに使うことを意味する。起訴で捜査が終了すると、拘置所に移送するのが決まりだが、当局が捜査を続けたいケースではなぜか拘置所が満員になっていることが多い。警察の管理下に置いたほうが取調官に都合がよいからだ。

起訴されれば、被告人は取り調べに応じる義務はない。拒否もできる。だが、弁護人が応じないように言っても、取調官からなんだかんだ言われて応じてしまう者は多い。そもそも取調室に入るのは、起訴後は任意であり、拒否できることさえ知らされない場合もある。

依然として強盗の実行犯の手がかりはない。焦りが捜査陣を覆うなか、安堂の少年たちを呼び出す異例の行動は警察をどきりとさせた。

「安堂さん、あんたの人権感覚は正しい。だけど、もっと周りを見たらどうかな」

「といいますと？」

「警察だけじゃないぞ。家裁もおもしろくないはずだ。自分たちが刑事処分相当と判断した事件に、あんたの行動は異議を唱えているように思えるだろう」

「私が家裁に異議？」

「ああ、やっぱりわかってなかったんだな。なんか、あんた、宇宙人みたいな人だな」

土星から来たとはもちろん言わなかった。

「それに弁護士会だって、立場がないんじゃないか。捜査権力の横暴だとか、何十年も代用監獄を人権問題だとキャンペーンしておきながら、いざという時に黙って見過ごしていたことがバレちまうからな」

予想だにしていないことだった。安堂にはこのとき、急に頭をもたげてきた疑問があった。

「古川さんは、私をほめに来てくれたのですか」

「へっ、なんで？　忠告だよ」

「さっき、あんたの人権感覚は正しいと言ってくれたではないですか」

「かーっ、お気楽だね」古川は首を横に振り、それ以上は踏み込まなかった。

ただし、用件はほかにもあった。

「安堂さん、あんた新事実をいろいろ聞き出したろう？」

「新事実？　何のことでしょう」

「実行犯のヘルメットの色だよ。それと人数……資産家のおばあさんの家に押し入ったのは、それぞれに黒とグレーのヘルメットをかぶった二人組なんだってな。同行した刑事が、裁判官が自供させたって驚いてたよ」

「ええ、確かに犯人は二人だと、そう話していましたね」

「あいつら、ルークに指示されたことは認めても詳しくは言わないんだ。調書は三行にもならねえ」

「証拠としては無理ですね」

「だから実行犯を捕まえないと、ルークの立件は無理だ。そいつらに吐かせないことにはな。でもよ、あいつらに話させるのにどんな手品を使ったんだ？」

はて手品とは？　安堂はしばし黙り込み、「恐らく、私と相性が良かったのでしょう」とごまかした。じつはそれには、安堂の生まれながらの特性が大いに関係していた。

「相性？　さっぱりわからんが、まあ、いいだろう。しかしあいつら、捜査の手がルークに及ばなかったら、あとで褒美がもらえると本気で信じている。おめでたいよ」

　勾留が適正かどうかを判断するためにした質問が、ひょんなことから捜査の側がよろこぶ副産物を生んでいたようだ。古川は「おれは礼を言いに来たんだ。ほめるために来たんじゃないぞ」と言い、身を翻して歩き去った。


　喫茶パロマで赤いパスタをフォークに巻いていると、自動ドアが開き、風が吹き込んできた。小野崎はラストオーダーぎりぎりの時間に入ってきて、店員に「まだ間に合うよね」と聞いた。そして、いつものように安堂の目の前の座席に腰を下ろした。

「遅くなりました」

「待っていたわけではありません」

「それは知ってます。でも、朋世さんの部屋を訪ねたときのことで、よくわからないことがあったので聞きに来ました」

「何でしょう」

「風呂《ふろ》の椅子と洗面器のことです」

「ああ」と安堂は上を向いた。少し黙ったあと、「じつは丸いものと角ばったものが並んでいるのを見て、それを強く意識すると混乱するんです。二つの像が急にうにょうにょと動き出し、形を崩しながら混ざり合ったように見えてくる。だからあの時、目を離すしかなかった」

「それもＡＳＤによるものなのですか」

「それがちょっとちがうんです。子供の頃から診てくれている医師は、複雑性ＰＴＳＤではないかと話しています」

「ＰＴＳＤというと、心の傷ですか。いわゆるトラウマですよね」

　安堂は小学校から中学校にかけて、一度も絵を描けなかったと明かした。「低学年の頃に神社へスケッチに出かけたんです」

「校外学習ですね」

「ええ、そして神社の建物を目の前にして、私の鉛筆は止まってしまった。どう描いていいか、わからなくなってしまった。ＡＳＤの特性である『こだわり』のせいです」

「こだわり、ですか。いったい神社の何が原因なのですか」

「柱です。そして屋根、すべての外観がスケッチを許してくれなかった」

「どういうこと？」

「木造家屋の柱はよく見ると、すこし歪《ゆが》んでいたり、屋根などは微妙にカーブしていて正面から見ても線対称でなかったりする。私は写生という日本語を聞いて、正確に絵に写しとらなければならないと思っていた」

「定規や分度器がないと、そんなことできませんよね」

「そうなんです。だが『こだわり』が妥協を許してくれない。脳に命令されたように必死にそれをやろうとするのですが、うまく描けないものだから、描いたり消したりの繰り返しで、半日たって帰るとき、私の画用紙は真っ白のままでした」

「それでＰＴＳＤになるとは、何があったんですか」

「やはり教師に叱られたことが大きい。スケッチを投げ出して遊んでいたのではないか、あるいは、やる気がないからだと責められた。ほんとうはそのどちらでもない。それから絵を描く時間が怖くてしかたなかった」

「安堂さんが小さい頃は、発達障害なんてあまり知られてなかったんですね」

「先生も、何とかしたくて私を叱ったのだと思います。決して意地悪で私に怒りを向けたのではなかった」

「でも、困りますよね。この世には丸いものと角ばったものがたくさんある」

「今はある程度、コントロールできるようになっています。だから仕事をしているとき、丸い断面の鉛筆と消しゴムは並べて置かないようにしています」

　山路医師をのぞいて、子供の頃の哀切をあれこれ話したのは初めてだった。反応を待つまでもなく、彼女はクスッと笑った。

そして、プリントアウトした写真をカバンから取り出した。朋世の部屋で撮った何枚かの写真だ。小野崎はそれを茶封筒に収め、テーブルの上を滑らせて安堂に預けた。

「よかったら、椅子と洗面器をうにょうにょさせながら見てください」


アパートの玄関を入ったとき、タマネギの匂いがした。スーパーで箱買いし、配達してもらったそれは段ボールの蓋《ふた》が開いたままになっている。包丁でそれをサクサクと刻んで、炒めることを無性にしたくなった。

小野崎に巻いてもらった包帯を外した。水ぶくれは九割方おさまって、じかに指で触れても痛みはない。石鹸《せっけん》でそっと手を洗った。力の入れ加減に注意力を集中することができ、痛い思いをせずに無事に洗えた。そうこうしながらようやくタマネギに触れることができた。数個を二つの手のひらに載せて台所に運び、茶色の半透明の皮を剝《む》こうとしたそのときだった。

ふいに何度も読み返した本が頭をよぎった。ライマン・フランク・ボームの『オズの魔法使い』は本棚の奥にしまってあるのだが、そこから一枚のページだけが飛び出し、おでこの先に浮かんできた。ブリキの木こりが、心をほしがる場面である。

自分に心がないことを
承知していたから、
何に対しても

残酷だったり

不親切だったりしないよう、

すごく気をつけていた

初めて読んだときに、まさに自分そのものではないかと思った。いや、初めて読んだときだけではない。きのうも、きょうもそうだ。たぶん、あすも同じだろう。

地球人と混ざり合うため、さまざまなコミュニケーションの学習をしてきたが、もっとも進歩を感じないのが自分自身の心だ。それが備わっているかどうかさえ、自覚がない。娘を亡くした羽鳥の目が澄んで見えたのはなぜだろう。彼や朋世の身に起こったことを、自分は悲しんでいるのだろうか。脳の支配者は、悲嘆に暮れる父親のもとへ走らせた理由を言葉では説明してくれない。

自分に似ているなあと感じるテクノロジーもある。知識を集めて成長するという生成ＡＩだ。安堂は目の前の人が見せるジェスチャーをはじめ、目つき、黒目の動かし方、頬《ほお》のふくらみ、声の張りや抑揚などを観察し、分析を加えて思考や感情といったものへの言語的理解にたどりつく。そうした事例を事細かに学習しながら、定型発達者が大多数を占める社会に混ざり込んでいる。気の毒な人を前に、たとえそれらしい情感のある言葉をかけたとしても、それは単に学習で得たものであって、心からにじみ出すものではないように思えるのだった。

山路医師に「自分を否定しないで聞いてほしい」と教えられたことがあった。ＡＳＤの特性のある人がさも定型発達者のように振る舞うことを、「社会的カムフラージュ行動」と呼ぶという。カムフラージュとは日本語にすれば、「擬装」だ。

自分に心はないのか。その質問は山路にもまだしたことがない。「ない」と言われるのが怖いからだ。

ふと気づくと、皮にめりこむほど強くタマネギを握りしめていた。

6

目覚まし時計をかけ忘れたわけではない。しっかり最大音量にしていたにもかかわらず、聞こえなかった。ベッドから身を起こしたとき、「しまった」と声が出た。

時計の針は地裁の開庁時間である午前九時半を回っていた。公判の開始は十時ちょうど。裁判官室に寄って法服を着なければならないとしても、走ればその時刻までに滑り込めそうだ。合議の裁判は三人が法壇にあがらなければ、開廷できない。落合に電話して開廷を五分遅らせることより、安堂は走ることを選んだ。

たぶん、何か忘れものをするだろう。だが、考えて着替えを止めないことにした。ネクタイをしめ、ワイシャツを着て、おっと、順番が逆になった。部屋にはタマネギの匂いが漂っていた。遅くまで夢中でサクサク切って、段ボール箱を空にしたときの達成感を思い出した。

むろん、それに酔う時間はない。靴を履くと、階段を下り、カバンを抱えて走り出した。しかし百メートルも進まないうちに、アゴがあがってきた。だんだんと交互に動く両足が重くなっていく。力の加減を間違って、最初から飛ばし過ぎたことに気づいた。

それでも、懸命に足を動かした。何とか裁判所の前の大きな通りが見えてきた。歩行者信号は青を示していたが、まだ距離がある。とても間に合わない。一度タイミングを失すれば、遅刻者には絶望の淵《ふち》に追いやられるほど長く待たせる信号だ。もう間に合わない。そう観念したとき、なぜか落合が前から歩いてきた。

平然としている。安堂は急ブレーキをかけたように走りを止め、そのまま膝《ひざ》に手をついてハアハアと息を荒らげた。

落合は察しがいい。「安堂さん、きのうのメール、見ていないんですね」

やっぱり、忘れ物はしていた。

安堂は「寝坊した」と言い、息せき切りながら「公判は中止になったんだね」と聞いた。彼は笑ってうなずいた。

「これから、朝食を取りにいくところです。一緒に行きませんか」

県庁のそばにある黄色と黒の看板のコーヒーチェーンに入った。彼はレタスドッグを頼み、紅茶を注文した。安堂はコーヒーだけを注文したが、席に着くとすぐに落合のトレーに載る紅茶の色に気をとられた。オニオングラタンスープとよく似ていたからだ。その色をなす成分を考えようとしたとき、興味を瞬く間に落合から紅茶に移す自分に気づいた。

「ごめん、落合くん」

「ごめんって、なんですか」

「いや、とにかく謝りたかっただけだよ」とごまかした。

そのとき、ふと落合が持つ新聞に目が留まり、「あっ」と声を上げた。

実行犯は2人組
ルークの指示か
Y市の現金強奪事件

と、見出しが立っていた。

記事を読むと、実行犯の一人はフルフェースの黒のヘルメットをかぶり、もう一人はグレーだったと、安堂が彼らから聞いた通りのことが書かれていた。取り調べで裏付けが取れたのだろうと思われた。

落合はさっそく、出しゃばりとウワサになっているだろう裁判官の話題を口にした。

「安堂さん、これでますます門倉さんの機嫌がよくなりますよ」

「どうして？」

「慣例に背くとはなかなかできることじゃないと、門倉さんはほめてました」

特定少年二人に対して、制度上はやらなくてもよい勾留質問をしたことだ。

「きみはどう思う？」

「あれは安堂さんだから、各方面に波紋を広げたんですよ。釈放するんじゃないかと、ひやっとしたわけです」

「すまない、落合くん……私だから、という意味がわからない」

「やっぱり、自覚がないんですね。安堂さんは、何考えてるんだ、アイツっていう感じで、周囲から不思議がられるキャラクターなんですよ。世間話だって、ほとんどしないし」

「確かに、私には世間話というものがどんなものかよくわからない」

「そうでしょう？　雨が降った日に、ぼくが『こんな大雨になるなんて、久しぶりですね』って話しかけたら、安堂さんは何て言ったか覚えてますか」

　頭のなかのカレンダーがめくれた。「ああ、覚えているよ。『警報級の雨は四十三日ぶりだ』ってきみに言った」

「ぼくは、天気予報で知ったことを教えてもらいたかったんじゃないんです」

　安堂はこれまで積み重ねてきたケーススタディに〝穴〟を見つけた。地球人が顔を合わせたとき、よく天気の話をするのは一種のあいさつなのだと。

「ありがとう、落合くん」感謝の意が伝わるように笑んで見せた。

　彼は少しぽかんとした。紅茶に口をつけたあと、「これだから、安堂さんはやっぱり不思議な人だ」と言った。

顔つきを観察したところ、表情筋が緩んでいる。自分の「ありがとう」を不快に思っているのではないことがわかった。だが、彼の話にはまだ続きがあった。

「家裁の来栖判事でさえ、安堂さんが毎日ナポリタンを食べていることを知ってましたよ。ある書記官にはスーパーで、ケチャップをまとめ買いするのを見られています。それにぼくも含め、審理中に六法全書の下に手を入れるのは目撃者多数です」

「そうなの？」驚いて、考えなくても返事が出た。

「安堂さんがどこかに転勤になったら、ケチャップを箱詰めで贈ろうと話している職員もいます。酒なんか入ると、安堂さんの話で持ちきりになるとか」

おもしろがられていることには特段、驚かなかった。大学時代は教室でジャケットを脱いだとき、内側にパジャマを着てきたのがほぼ全員の前で発覚し、ひとしきりウワサになったことがある。

「だから勾留質問のときも、慣例を破って何をする気なんだとみんなが注目したわけです」

「私は間違ったのかな？」

「いいえ」落合はきっぱりと言った。「正直、ぼくには十八歳の少年の人権をどう考えていいかわかりません。でも、安堂さんのいいところは、自分が正しいと思ったやり方に迷わず踏み切れるところです」

口に運んでいたコーヒーカップを思わず止めた。自分の感情を探すのに手間取り、どう反応していいかわからなかったからだ。うれしいと思うべきか、感謝の念を表すべきか、意外に思ったと驚きを表明すべきなのか。そうこうしているうち、彼は微妙に話題を変えた。

「検察の請求通りに勾留状を出したのはどういうわけですか?」

それはすぐに答えられた。

「もし保釈されたら、逃亡するかと聞いてみたんだ。すると彼らは、逃げると答えたんだよ」

落合の眉《まゆ》がピクッと動いた。彼が興味をひかれたことがわかった。安堂は〝新事実〟を導き出すいきさつまで話すことにした。

特定少年の一人は、井戸川《いどがわ》友典《とものり》といった。「保釈されたら……」と切り出すと、彼は敵意のある目を向けてきた。「あんた、バカじゃねえの? とんずらするに決まってるやないか」

そのとき、安堂はよく聞き取れなかった。唇の動きを読み損ねて、とんずらという言葉をうまく認識できなかった。

「とんする、ってどういうことですか?」

そう聞き返すと、井戸川はくすくす笑いだし、「とんする、とんする、ククッ……」。

落合に耳の可聴域が定型発達者と異なることまでは言わなかったが、趣旨は十分に伝わったようだ。彼は「人には笑いのつぼがあって、おかしくなると止まらなくなるんですね」と相槌《あいづち》を打った。

「きっと、そうだと思う。起訴までに連日厳しい取り調べを延々と受けていたから、余計におかしかったのかもしれない」

その後、彼とは三十分余り言葉をやり取りした。黒いヘルメットと、グレーのヘルメットの男がいたことを話した。さらには、金をどう受け渡したか。資産家女性の自宅から百メートルほど離れた公園で、ＳＮＳの指示に従って待っていると、それぞれに強奪資金の入ったバッグを渡されたという。

もう一人は佐野《さの》義弘《よしひろ》といった。まず井戸川が実行犯二人のヘルメットの色を明かしたと告げると、彼は秘密の多くを相棒が供述したと早合点した。そのあとは「しかたねえなあ」と言って、すらすらと話を始めた。

オートバイで郊外の市営住宅まで運び、これもルークが発するＳＮＳの指示通り、五号棟一〇三号室の水道メーターの箱の中にバッグを隠したのだという。市街の道路監視カメラには、現金の詰まったバッグをそれぞれ背中にかつぎ、走り抜ける二人の自動二輪が写っていた。それは逮捕段階の証拠でもあった。が、市営住宅が第二の受け渡し場所になっていたことまでは警察の知らぬところだった。

二人は捕まったとしても、警察に何も話さなければ、それぞれに百万円くれるというルークの約束を信じていた。ＳＮＳの人を信じさせる効果は高い。面と向かって言いくるめるより、たやすいと指摘する専門家もいる。

安堂は、佐野が間抜けとは思っていない。取り調べに疲れ、いっそのこと話して楽になりたいという隠れた心情のボタンを自分が押したのだと解釈している。

　落合は腕組みし、「ふしぎだなあ。ダマされてるって気づかないんですね。今までの事件で逮捕された連中なんて、ほとんどが報酬なんてもらってなかったそうじゃないですか」

「いわば、洗脳なんだろうな」

「ぼくもそうだと思います。闇バイトって、人の頭のなかを支配することから始まるんですね。一連の事件では殺人も起きている。顔も合わせたことのない人間の指示でも、極限までやり切ってしまう」

「何でも佐野は、ルークなる者から『去年のクリスマスにサンタクロースが来て、完全犯罪の計画をプレゼントされた』と伝えられたらしい。それを彼が信じたとは思わないけど、少なくともおもしろいと思ったんじゃないかな。ルークはそうやって、だんだんと人の心を異世界に引き込み、自分を神のように思わせたのかもしれない」

「犯罪者の親玉みたいな人物のところにも、サンタさんは来るんですね。それに犯行時に『去年』ということは、今からだと、おととしのクリスマスということになりますか。奇妙なほど具体的だ」

　そして、落合はフッと笑った。

「井戸川でしたっけ？　彼はどうなんですか」

「あの少年はほんとうは自信がないんだ。大声で人を威嚇したりするけど、眉がぴくぴく動いたり、話すときに目の下の表情筋がつり上がる。成功報酬を払ってくれると信じたのは、唯一の友人である佐野を信じたのだと思う。二人に共通して言えるのは、社会から弾かれ、依存する何かを探していたことじゃないかな。そこにルークがつけ込んだ」

「ふーん、安堂さんは心理学者みたいですね」落合は感心しながらうなずいた。「もしそうだとしたら、闇バイト事件は、寂しがっている人間の心が引き起こしていることになる」

安堂は黙った。自分には心があるのかどうか、また考えそうになった。

「結局、彼らは強盗と知ってて協力したんですね」

「ああ、そういうことになるね。被害者がどんな目にあってもかまわないという姿勢なら、厳しい判決は避けられない」

彼らが打ち明けたことは検察が調書に取り直し、いずれ法廷へと提出される。落合は「安堂さんの取った調書が楽しみです」と、皮肉ることを忘れなかった。

夕方、終業時刻を見計らったように小野崎から電話がかかってきた。安堂は法服をロッカーにしまいながら、空いている方の手で携帯をつかんだ。

二つ以上の動作を同時にすることは、安堂は苦手だった。子供の頃、作業療法士が板書の写し方を教えてくれたのを思い出す。見て、書く、そして理解する。その三つを同時にできず、安堂は高学年になるまで黒板の字をノートに写すことができなかった。

ほんの一、二秒、過去の映像を脳裏に映したあと、通話ボタンに触れる三つ目の手がないことに気づいた。安堂は携帯を顔に近づけ、鼻のてっぺんに押し当てた。

すると、小野崎の顔が画面に現れた。

「何でビデオ通話なんですか」

「失礼しました。音だけにしましょうか」

「いいですよ、このままで」

「わかりました。このままにしましょう」

小野崎はコホンと咳払《せきばら》いをしたあと、「ちょっと、何か恥ずかしいですね」と言った。

「なぜですか」

「ふだん、目を合わせない安堂さんが、こっちをまっすぐに見ているからです」

思い当たる節があった。目はあまり見ず、唇や頬の動きを見ていることが多い。

「そうそう、電話したのは羽鳥さんの件です。部屋を引き払って、広島に帰ることを決めたようです」

「それは急なことですね」

「ええ、疲れ切ったのかもしれません。声に元気がなかった。でも私、ちょっと待ってもらうようにお願いしたんです」

「どういうことですか？」

「朋世さんの持ち物のなかで、行方不明になっていた臙脂色のパソコンのことが多少はわかったんです。例の特殊詐欺の講習会は、市の社会福祉協議会が教室を提供していました。そこで職員さんたちに聞いたら、朋世さんはつねに持ち歩いていたということでした」

「それなら、部屋にないのはおかしい」

「そうでしょ？　それに正確に言えば、ノートパソコンではなかったんです。タブレットです」

　安堂はタブレットを使ったことはなかったが、指で触れて操作するものであることくらいは知っていた。

「そしてまさに亡くなった日も講習会があって、朋世さんはタブレットを使って資料をスクリーンに投射していたようです」

　タブレットはどこに行ったか。彼女はその疑問が解けるまで調査を続けると言った。何かほかに用事でもあるのか、慌ただしく電話を切った。安堂はふと、さみしくなった。話したりなく感じるのは、なぜだろう。

7

　年度末があっという間に過ぎて、カレンダーは四月に入った。もう一週間ほど、小野崎から連絡はなかった。何も進展はないのだろうと、毎日のように考えた。タブレットの情報を仕入れ、張り切っていたことを思うと少し心配でもあった。

安堂は昼食にかぎってのことだが、ケチャップ断ちをしていた。

タマネギ出汁《だし》のスープをポットに入れ、食パンを二枚持参し、この日も元テニスコートのベンチで胃に収めた。満足感は足りないものの、毎日続けることに充足感を覚えた。

裁判官室に戻るとき、廊下ですれ違った職員の女性が大きなクシャミをした。安堂はびくっとしながら、部屋に足を踏みいれた。

落合が「お帰りなさい」と言った。コンビニ弁当を机に置き、箸《はし》を動かしている。調書の写しをかたわらに広げ、目を通していた。彼はふと安堂を見上げると、そのまま観察するように視線を静止させた。

「安堂さん、法服のまま外に出たんですね」

思わず「あっ」と声をあげ、膝下までを見おろした。法服はドラキュラ伯爵が着るマントに似ている。季節を問わず、平気で街を歩けるファッションではない。

安堂は首をかしげながら聞いた。「どうして私が外に出たとわかるんだろう?」

「黄色い点々が肩のところについてます。スギ花粉ですよ」

そう言って落合が視線を戻した。調書は、井戸川と佐野のものだった。元テニスコートに出かけた安堂と入れ違いに、検察庁から書証類が届けられたようだ。

　実行犯は依然として捕まらないままだった。そのことは報道がなされたあとも、有益な情報が寄せられていないことを意味していた。

　落合は「さっそく、読ませてもらいました」と意味深な口ぶりで言ったあと、顎に手をやってウーンとうなった。

「何か疑問があるのかい？」

「ええ、ちょっと引っかかる点があります。井戸川は実行犯の一人である黒のヘルメットの男から、そして佐野はグレーのヘルメットの男から金を受け取ったと言っている」

「うん、彼らは私にもそう話していた」

「だけど、黒とグレーの男が一緒にいる場面がないんです」

　安堂はそれに気づいていなかった。調書の落合が指さすあたりをのぞこうとしたとき、背後でしぶきの交ざる大きなクシャミの音がした。門倉が戻ってきた。

「なんだぁ！　庁舎の中まで花粉が入りこんでいるじゃないか」

　その声は安堂に届いていなかった。落合が調書の脇に置いた文具に目が留まったのだ。鉛筆の丸いボディの上に、四角い消しゴムが寄りかかっていた。丸いものと、角々したもの。あるいは曲線と直線。それへの執拗な関心から生じた過去の心の傷が悲鳴を上げ、視界ににょうにょを連れてこようとしていた。

　ところが、よどみ、うごめいていく映像を何かが止めた。すると突然、洗面器と椅子の像が現れ、文具に重なりあったのだ。安堂はその像を脳に焼きつけた。

法服の内側から携帯を取りだした。三回の呼び出し音が長く感じられた。小野崎の声が聞こえるや、会いたいと告げた。

朋世の部屋は前に訪ねた時と同じだった。安堂は羽鳥とあいさつを交わすなり、「脱衣所を調べさせてください」と言った。

小野崎が「うにょうにょは大丈夫なんですか」と聞いた。

「そのはずです」と、きっぱり返した。「何度も頭に浮かべてますけど、もう視界が揺れるようなことはありません」

羽鳥は当然、何のことかわからないようすだった。

来客の二人が脱衣所で見上げたのは換気口だ。小野崎は朋世とほぼ同じ身長だ。椅子と洗面器を重ね、その上に立つと換気口に手が届いた。

正方形のパネルをつかみ、押し下げると、ゴソッと何かが音を立てた。隙間から臙脂色のタブレットがのぞいた。

「やっぱり、ここにあった」と、小野崎が高い声を上げた。

安堂が支えていたため、小野崎は転ばなかったが、朋世に助けはなかった。何も言わなくても、羽鳥は理解したようだ。「娘はこのタブレットをここに隠すときに、バランスを崩して転倒したんですね」と言った。椅子と洗面器が浴室にあったのは、転倒のはずみで勢いよく転がったことを示している。

小野崎がすぐさま「気を落とさないでください」と声をかけた。「ここにタブレットを隠したということは、朋世さんはやっぱり、何か大事なことを伝えようとして一一〇番にかけたのだと思います」

タブレットの操作は小野崎が引き受けた。ロックは解除されていた。朋世は万が一のことを考えていたのか、誰もが見られるよう配慮したことがうかがえた。

すぐにわかったのは、朋世の死亡した日の講習会で、このタブレットを用いてパワーポイントを利用したことだ。特殊詐欺の手口を示す資料数十点をまとめたファイルがあり、それらをスクリーンに映して説明していたことがわかった。

そのファイルにはなぜか、個人名がついていた。

講師
籾山《もみやま》新司《しんじ》さん

と、自分だけのファイルであれ、さん付けしているところが朋世らしいと父は語った。

小野崎が「あら」と声をあげた。「動画も入ってますよ」彼女はただちに再生した。

お年寄りを前に朗々と話をする籾山らしき男の姿が現れた。三十代半ばで紺のスーツをみぎれいに着こなし、声に張りがあった。自分の職業を「防犯コンサルタント」だと紹介した。

「息子から電話がかかってきたら、まず詐欺を疑いましょうね。だけど、それには準備も必要です。どんな他人の声も、息子の声に聞こえることがあるんです……」

やがて実例を示して見せた。

「きょうはありがとうございました。参加者のみなさんの口座から、十万七千五百円をすでに引き落とさせてもらってます」

会場にどよめきが広がった。籾山はすぐに笑顔になり、冗談ですよと言った。安堵《あんど》の空気が流れたところで、次は「金額を覚えている方はいらっしゃいますか」と挙手を求めた。すると、参加者のほぼ全員が手をあげた。

「じつはそれが人の弱みなんです。私はみなさんとは何ら契約書類を交わしていない。なのに、そのことに考えが及ばない。口座引き落としなど、ありえないことなのに……金額だけが頭を支配してしまうのは、それが動揺というものだからです。健全な思考が働かなくなる」

参加者が声を合わせる場面もあった。「息子は詐欺、息子は詐欺、息子は詐欺……」

羽鳥が言った。「ほんとうの息子さんから電話がかかってきたら、どうなるんでしょう? うちは娘でよかったですよ」

安堂と小野崎は目と目を合わせてほほ笑んだ。娘を亡くした父親は、少しは冗談を言えるようになったのだ。

このあと、急に場面が夜に切り替わった。動画が自動的に次に移ったのだ。

カメラは男の背中を写している。体形から籾山とわかったが、撮影場所は施設の外だった。彼の前には小柄な高齢の女性が映っている。二人の距離は二十メートルほどか。時々、画面が上下に揺れ動く。手ぶれが激しく、見にくかった。

小野崎は「わかった」と声をあげた。「朋世さん、このタブレットのカメラ機能で撮影しているんですよ。さっきの『息子は詐欺』と全員で声を出すところは、参加者を正面から写してましたよね。そして映像はまったくぶれていなかった。台の上に固定して置いていたからでしょう」

安堂はうなずいた。「この夜の映像は、角度から朋世さんが胸のあたりにタブレットを抱えているように思えます。それに籾山という人は、女性のあとをつけているように見える」

「そうですね。さらに、そのあとを朋世さんが歩いているんだわ」

羽鳥の目にうっすらと涙がたまっていた。生きた娘に会えたように思ったのかもしれない。

「どうして、朋世はこんなことを……」

「この動画が撮られたのはいつですか？」

小野崎は「ちょっと、待ってください」と言ったあと、器用に指を動かしてファイルの履歴をたどった。「えーっと、この夜の動画はおととしの十二月二十五日に撮られたものです……あら、クリスマスじゃないの」

そう聞いた瞬間、安堂は耳の奥にビューンという風切り音を聞いた。頭のなかのカレンダーが猛スピードでめくれていく。まもなくその日にたどりついた。

ふいに法廷の景色が額の前方に現れた。江沢卓郎が被告人席にいた。

「藤山さん、話さんでいいから」

真相を明かそうとするタクシー運転手を制止する場面だ。

だが、その映像は一瞬にして霧のように消えた。代わりに黄色の世界が広がった。イチョウ並木の落ち葉だ。自分の靴が色付いた地面を踏みしめていく。やがてそこに、新聞の紙面が現れた。

江沢の事件の背景に、市長の違法な選挙運動があると告げる記事を歩きながら読んだときの記憶である。しかし、まず安堂の目をくぎ付けにしたのは、紙面の端にある囲み記事の見出しであった。

今年のXマスも
500万円入り封筒届く

社会福祉協議会のポストに投函《とうかん》されたと報じられていた。

安堂は彫像のように固まって、ただ宙を見つめていた。羽鳥がどこを見ているのかと、視線の先を追った。

「どうされたのでしょうか?」

「心配要りません。何か発見をすると、いつもこうなるんです」

その言葉は彫像に届いていない。

まもなく安堂は「あっ」と発した。意識を取り戻したように目をぱちくりさせた。

「恐らく、このあとをつけられている女性は例の強盗事件の被害者です」

小野崎は目を白黒させた。「何を言うんですか、突然に」

安堂はそれには答えず、「擬装だ」とぽつりと言った。

8

県警捜査一課の取調官は、籾山を全面自供に追い込んだ。逮捕にいたる前に市内の自宅を捜索し、多額の金を押収したことが籾山を陥落させるのに物を言った。

押収した金と強奪した六千万円との差額分はオンラインカジノでこしらえた借金の返済にあてており、犯行動機も鮮明に浮かびあがった。どんな裁判官から見ても、文句のつけようがない手堅い証拠がそろえられた。

裁判官室にかかるカレンダーは五月に移っていた。門倉は「暑い、暑い、そろそろ冷房を入れろよ」と文句を言いながら、団扇《うちわ》で首元をあおいでいる。「隣の島は楽なもんだよ。どう転んでも、否認裁判にはなるまい。自白あり、物証ありときた」

先に特定少年の事件を受けていたため、門倉の係には回ってこないのだ。世間の注目度も比べようもないほど負けており、それが裁判長をひがませている。

落合が言った。「しかし一人三役とは驚かされますね」

籾山が演じたのは、ＳＮＳを使った指示役、強奪の実行役、金の回収役だ。そのうえ井戸川らに金の入ったバッグを渡す際には、わざわざ黒とグレーの二つのヘルメットを使い分けて接触していた。

そこまでしたのは、ルークの事件そっくりに見せかけるためであった。全国で発生した一連の強盗事件では複数の男が強奪役を担っており、単独犯では警察の目を欺けなくなるからだ。

安堂は、そのトリックを最初に見抜いたのはきみだよ――とは落合に教えなかった。裁判官が探偵のまねごとをしたことは、古川との間で秘密にする約束になっていた。

社会福祉協議会のポストには、クリスマスの夜に三年続けて五百万円の大金が投げ込まれた。「恵まれない子供たちのために使ってください」女性がそんな手紙を添えたのは、亡き夫の贖《しょく》罪《ざい》ということのようだ。いわゆるヤミ金、高利貸しをしていた夫は地元の裏経済では名の知られた人物だったという。

籾山は女性がポストに厚みのある封筒を入れるところを目撃した。すかさずあとをつけ、入っていった屋敷と表札を見て、銀行に預けられない金がふんだんにあるはずだとにらんだという。そして、ルークの事件が世を騒然とさせ始めると、これだと飛びつき、一人三役の闇バイト事件を実行に移した。

自宅と社会福祉協議会の距離も近かった。籾山と朋世はおととしのクリスマスの日、夜まで講習の後片付けをしていた。参加者のお年寄りたちのためにクリスマス会を催し、ふだんより遅くなったのだ。帰り際、朋世は先に出たはずの籾山の不審な行動に気づいたらしい。少し離れたところから、彼と女性を撮影していた。古川が家宅捜索令状を請求する際、この動画が証拠の一つになった。

もちろん、朋世が籾山の強盗への関与に気づいたのは事件の直後のことだった。しかし朋世は自信が持てなかったらしく、遠目に撮影した女性を被害者と特定しようと、画像処理を別のパソコンで試みていた。これは後にわかったことだ。顔まではっきりと写っておらず、悩みつつ、死亡した日の講習会に顔を出したとみられている。

その会を朋世は途中退席している。籾山と目が合った瞬間、びくっとし、顔色を悪くしたという。このことは取調官に対して、籾山の口から明かされた。彼女がより不《ふ》憫《びん》なのは、クリスマスの日の尾行を撮影されていたことを、籾山が一切気づいていなかったことだ。

朋世は逆に過剰に意識し、撮影を気づかれたにちがいないと思い込んだ。飛ぶようにしてマンションに帰ると、タブレットを換気口に隠した。そして不安定な足元の土台が崩れ、転倒して頭を打った。その夜の死亡推定時刻、籾山にはクラブで豪遊するという完全なアリバイがあり、父親の他殺説は否定された。

それでも羽鳥はよろこんだ。娘を死に追いやった男が裁きを受けることになったからだ。

安堂が全体像に気づいたのは、あの日の佐野の声が耳に残っていたことが大きい。「クリスマスの日にサンタクロースから授けられた計画」というのは、半分は事実だったと言える。そのうえ籾山は防犯コンサルタントとして操り型の犯罪を知悉《ちしつ》していた。ミイラ取りがミイラになる想像は難くない。

県警が籾山の逮捕にこぎつけた日の夜、喫茶パロマに小野崎がやってきた。店を出るとき、彼女は「ここで転んだのが始まりでしたね」と言った。

確かに、転ばなければ、やけどのことまでは話さなかったかもしれない。包帯を巻いてもらった事務所で、羽鳥に会うこともなかっただろう。

初夏の街路樹が緑の匂いを放つ歩道を並んで歩いていると、彼女はふいに聞いてきた。

「安堂さん、好きな人がいますか」

「います」

その刹那、安堂の胸に急いでこみあげてくるものがあった。

「どこに？」

「いま、そこに、あなたです」

「ほかに、言い方ないんですか」

「ありません」

安堂はすっきりした気分になっていた。

「たぶん、脳の支配者が言わせていることではないと思います。心の支配者が言わせていることです」

「支配者ですか、なんか、ぜんぜんロマンチックじゃありませんね」

そう言うと、彼女は腕を組んできた。柔らかな感触から体温が伝わってきたとき、安堂は「いま喜んでいるのは心の支配者です。脳ではなく、心だと思います」と繰り返した。

これが情動というものだろうか。そわそわした感じは同じでも、衝動とはちがうものに思えた。それに学習の積み重ねでもなく、表情をこしらえるでもなく、人と付き合えている気がした。

安堂は何度でも、心という言葉を使いたかった。

直島 翔（なおしま　しょう）
1964年、宮崎県生まれ。立教大学社会学部卒。新聞社勤務。社会部時代、検察庁など司法を担当し、『転がる検事に苔むさず』で第３回警察小説大賞を受賞しデビュー。その他の著書に『恋する検事はわきまえない』『警察医のコード』がある。

初出
「カレンダーボーイ」　小説現代2023年３月号掲載「ジャッジ」を改題
「恋ってどんなものかしら」「擬装」　書き下ろし
参考文献
『オズの魔法使い』著・ライマン・フランク・ボーム　訳・柴田元幸（角川文庫）

テミスの不確《ふたし》かな法廷《ほうてい》

2024年３月26日　初版発行

著者／直島《なおしま》 翔《しよう》

発行者／山下直久

発行／株式会社KADOKAWA
〒102-8177　東京都千代田区富士見2-13-3
電話　0570-002-301（ナビダイヤル）

印刷所／旭印刷株式会社

製本所／本間製本株式会社

●お問い合わせ
https://www.kadokawa.co.jp/（「お問い合わせ」へお進みください）
※内容によっては、お答えできない場合があります。
※サポートは日本国内のみとさせていただきます。
※Japanese text only

定価はカバーに表示してあります。

ISBN 978-4-04-114793-1　C0093